冰心散文奖

获奖作家散文自选集

拐弯，去斯图加特看奔驰

赵钧海 著

组　　稿：中国散文学会
总 主 编：周　明　红　孩
执行主编：凌　翔

中国经济出版社
CHINA ECONOMIC PUBLISHING HOUSE
·北京·

图书在版编目（CIP）数据

拐弯，去斯图加特看奔驰 / 赵钧海著.

—北京：中国经济出版社，2020.4

（“冰心散文奖”获奖作家散文自选集 / 周明，红孩，凌翔主编）

ISBN 978-7-5136-5684-9

Ⅰ. ①拐… Ⅱ. ①赵… Ⅲ. ①散文集—中国—当代 Ⅳ. ① I267

中国版本图书馆 CIP 数据核字（2019）第 082337 号

策划编辑　崔姜薇
责任编辑　焦晓云
责任印制　马小宾
封面设计　陈　姝
封面插图　阿　秋

出版发行　中国经济出版社
印 刷 者　唐山楠萍印务有限公司
经 销 者　各地新华书店
开　　本　710mm × 1000mm　1/16
印　　张　13
字　　数　167 千字
版　　次　2020 年 4 月第 1 版
印　　次　2020 年 4 月第 1 次
定　　价　49.80 元
广告经营许可证　京西工商广字第 8179 号

中国经济出版社　**网址** www.economyph.com　**社址** 北京市东城区安定门外大街 58 号　**邮编** 100011

本版图书如存在印装质量问题，请与本社发行中心联系调换（联系电话：010-57512564）

目 录

第六辑　曾经的隐秘之地

第七辑　潜藏的力量

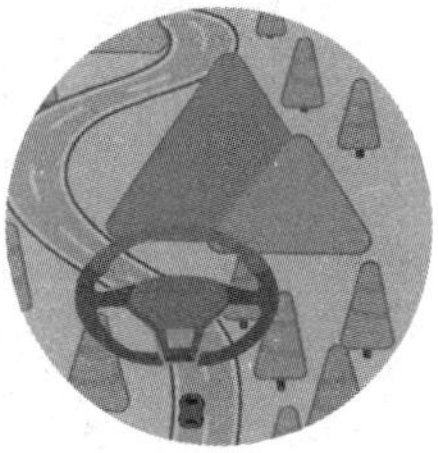

第一辑　鲜亮与灰暗交织的国度

美丽的广场

它是一个我心仪已久的广场。走在它坚硬的被岁月碾压和磨砺得凹凸又光滑的碎石路面上，有一种世态沉浮的沧桑感，也有一种俯瞰纷繁历史风云的现场感。那光滑记载了年深日久的隐忍和沉重，也见证了俄罗斯民族激越、忧郁、悲壮又跌宕起伏的历史进程。

它就是红场。

不过，红场令我很失望。它太小了，小得居然仅有天安门广场的五分之一。红场在莫斯科市中心，是克里姆林宫建筑群的一部分。宫里宫外是截然不同的两个世界。宫里，浮华的宫殿、钟楼、塔楼与金光闪闪的洋葱头教堂交相辉映，神采照人，气韵非凡，而宫墙外则显得开阔、凝滞、冷峻。1485 年，还不完整也不豪华的克里姆林宫开始内宫改建，用特别烧制的红色砖块围建起了一个不规则三角形的宫墙。这宫墙让克里姆林宫从此开始了奢华而神秘的历史。宫墙外曾经有一些低矮、肮脏的土木房屋，它们卑琐地散落在灰褐色的大地上，有平民、佃户，也有一些散居的僧侣和商贾。后来，是一场熊熊燃烧的大火将这些房屋化为了灰烬。——那是一张令人悲悼凄惨的画面。那场大火烧掉了杂乱与烦躁，也让红场的面积扩大了许多，并且很快发展为一个民众聚集、贸易繁盛的商品交易集散地。

可以想象，在16世纪以后的日子里，红场实际上就演变为一个由许多工匠作坊、蒸汽浴室、棚铺、摊店组成的大集市。这个集市里聚集着卖艺的、耍熊的、行吟者和人头攒动的小贩，也时常有身穿华贵服饰的官员骑马或站在高台上宣布诛杀命令。因为红场曾经是执行各种刑罚、宣读沙皇诏书的地方。俄罗斯著名画家苏里柯夫有一幅油画叫《近卫军临刑的早晨》，就描写了17世纪发生在红场的真实事件。那是在彼得大帝当政期间，近卫军兵变被镇压，于是就有了在红场绞杀谋反近卫军的情景。当年，彼得大帝身穿海蓝军服，在外国使节的观瞻之下，近卫军士兵将被行刑，而身穿破烂装束的农民、妇女们在悲恸中号哭着……那是一幅色调灰暗、场面冷郁的油画，它浸透着那个时代的明显印迹。远处的背景上，克里姆林宫的城堡及塔楼隐隐约约虚幻着，如一座神秘又深不可测的冷宫。

后来，这个克里姆林宫前的广场发生火灾，1662年改称“红场”。它是斯拉夫语，意为“美丽的广场”。在俄罗斯，我见到一本莫斯科Amarant出版社出版的汉文画册，它介绍红场为“非常漂亮的广场”。我不知道哪个翻译更趋于准确合理，我想，还是姑且叫它“火烧广场”吧。

在刀光剑影的过去时代，红场一次次承载过纷乱、杀戮甚至焚毁，也见证过正义战争胜利后的喜悦。它像一个老者，目睹过阴霾的日子，用欲哭无泪抵挡烧杀掠抢，同时，也坚硬地支撑过日益兴盛的沙皇的帝国之梦，以及苏联的辉煌。坐落于红场南部的瓦西里升天大教堂是伊凡四世兴建的教堂。那是一座风格独特的建筑，它的色彩艳丽的花纹和闪闪烁烁的“洋葱头”尖顶，让人眼花缭乱、浮想联翩。

伊凡四世就是被称为伊凡雷帝的沙皇，他是第一位向欧洲公开宣称

作者在莫斯科红场

自己是沙皇的统治者。“雷帝”有恐怖、威严、雷霆之意。红场曾一度沾满无辜百姓的鲜血。瓦西里升天大教堂前有一尊双人雕像，他们是俄罗斯民族英雄米宁和波扎尔斯基。1612年，商人库茨马·米宁和德米特里·波扎尔斯基建立了国民义勇军，打败了侵占莫斯科两年之久的波兰侵略军，解放了红场和克里姆林宫。而1812年，法国人在拿破仑的指挥下，居然也骑着他们的高头大马踩踏在了血流成河的红场上，并且别出心裁地举行了阅兵大典。

红场是一个坐西向东的广场，东西宽仅仅130米，只比普通的十车道大街宽一点，但这个狭窄的广场却盛装了一批批搅动过世界历史的风云人物。

列宁墓坐落在红场西侧。列宁是我敬仰的伟大导师。在当下我的生存状态里，列宁的思想依然常常会引领我的脚步——那是一种确定了人生轨迹后的幸福的、坚实的脚步。列宁说，如果一个共产主义者不用一番极认真、极艰苦而浩繁的工夫，不理解他必须用批判的态度来对待的事物，便想根据自己学到的共产主义的现成结论来炫耀一番，这样的共产主义者是很可怜的，而生活之树是常青的。作为伟大的革命导师，列宁说过很多意味深长又博学精到的话，那些话至今令我神往、令我警醒、令我心潮澎湃。

列宁静静地睡着，显得安详而平静。我想，列宁大约还醒着，他在侧耳倾听，他肯定会听到当今世界奇妙而无奈的声音，他也在凝神静观，他也肯定会看到当今世界那些繁缛的碰撞、竞争以及进击的力量和信心。

向列宁深深地鞠了一躬，我感到有一股酸涩涌上了心头。

长时间的，我们把列宁凸显在一个醒目的位置上，崇高着，神圣着，成为一座精神高地。在这座高地上，有一支庞大的追随者队伍，他们人头攒动着，如滔滔不息的潮涌一般，他们甚至不惜牺牲年轻的生命。我知道，我也是这支队伍中的一员，我依然在行走着，虽然脚步略显沉重。

这是一支恢宏而气势磅礴的队伍。

在列宁墓的背后，有12块墓碑，它们整齐地排列着，像被检阅也像要列队出征。他们都是苏联时期的重量级人物——斯大林、捷尔任斯基、勃列日涅夫、安德罗波夫等。斯大林作为一个特殊人物，他的遗体也曾被安放在列宁墓内，但在1962年的一片否定和批判声中被迁移出去。注视着这些曾经熟识的人物的墓碑，我想，他们都曾辉煌过，今天却斑驳了、黯淡了，显得有些孤独无援。在他们墓碑上方，隐隐飘动的已不再是当年的红色旗帜。

当今的俄罗斯，对苏联时期的评价是仁者见仁、智者见智，但，有一个人很特别，在苏联时期评价甚高，在今日的俄罗斯同样受到崇高评价，他就是朱可夫元帅。如今，朱可夫元帅精美而庞大的骑马雕像就耸立在红场北出口，似一尊沉稳而威武的战神，独领风骚地兀立着。朱可夫是一位参加过“一战”“二战”又功勋显赫的英雄和苏军统帅，他的杰出军事才能享誉世界。令人欣慰的是，这尊雕像建立于1995年5月，是为纪念“二战”胜利50周年而立的。——真正的英雄和骁勇的战将，不论他是否离去，也不论他雕像的神态是否逼真，更不论他出于什么样的时代，人们似乎都记得他，记得他戎马倥偬的姿态，记得他悲壮跌宕的一生。

红场的声名显赫大约与它的大型阅兵有关。1945年，苏联红军将红旗插到纳粹德国的国会大厦顶端，柏林攻克了，“二战”胜利了。6月24日，在红场举行了盛大的胜利阅兵式。阅兵仪式上，总指挥罗科索夫斯基元帅向朱可夫元帅报告，朱可夫代表最高统帅斯大林担任阅兵首长，检阅了卫国战争中功勋卓著的苏联红军。那一天的“乌拉”声，震撼了整个莫斯科上空，发出了正义必胜的时代强音。以后，每年的5月9日，被定为卫国战争胜利纪念日，且年年举行红场阅兵式。苏联解体后，俄罗斯一度中断了这种大型阅兵，但后来又红红火火地恢复了。如今的红场阅兵是俄罗斯爱国主义教育的重要内容之一。

2015 年 5 月 9 日，俄罗斯举行盛大庆典，纪念卫国战争胜利 70 周年，中国国家主席习近平和来自世界约 20 个国家和地区及国际组织的领导人出席庆典。习近平主席和夫人彭丽媛被安排在第一排最抢眼的位置上，旁边就是俄罗斯总统普京。当身穿“二战”苏联红军制服的士兵方队和“二战”老战士走进红场时，许多人激动得热泪盈眶。更让人兴奋的是，中国人民解放军仪仗队正步走过红场。当中国军人以威武、挺拔的英姿通过广场，标准正步，气场强大，那铿锵，那坚毅，还有那耳熟能详的音乐《喀秋莎》，迅速感染了俄罗斯民众，有人边看边掉泪，有人向中国军人挥手致意。

红场阅兵历来被认为是俄罗斯展示军事实力的舞台。5 月 9 日，在世界经济和国际社会制裁的双重挤压与冲击下，遭受打击的俄罗斯依然让最新研制和最新服役的新一代导弹缓缓地通过红场的甬道，以炫示其强大的军事实力。其中包括首次通过红场的 T–14“阿玛塔”主战坦克、“联盟 SV”新型榴弹炮、RS–24 型“亚尔斯”洲际导弹、库尔干人 –25 履带式装甲车、“飞镖”步兵战车等一系列新式装备。其中，T–14“阿玛塔”主战坦克和 RS–24 型“亚尔斯”洲际导弹尤为引人关注。

红场阅兵——胜利日，最让人感动的还是那些为和平、为爱而倾注热情的普通百姓。有一条横幅写道：胜利日万岁，向老战士致敬，先辈的胜利就是我们的胜利。还有很多人挥舞着一种黄黑条纹的丝带——乔治丝带，它寓意着对先烈的追思和对胜利的自豪。

在无名烈士墓前，我默默地伫立了一会儿，献上了一束红色康乃馨。

活着的灵魂

尼古拉·阿列克谢耶维奇·奥斯特洛夫斯基伏在有雕花纹饰的铁床上静静地写着，纸板被钢笔磨得沙沙直响。天已经完全黑了，奥斯特洛夫斯基并没有让护士开灯。他也没有想开灯。他进入了一种痴迷境界。他觉得他的心头升腾着一股白亮的气浪，那气浪搅得他不得不向前追赶。他清癯简净，心性高远。他的追赶让他感觉很幸福……

其实，写作的奥斯特洛夫斯基已经十分消瘦了。他不仅消瘦，而且已经下肢瘫痪并双目失明。这就是 1930 年的奥斯特洛夫斯基。这一年，他刚刚 26 岁，他还那么年轻。他选择了写书。他器宇轩昂又文质彬彬。他最终成为无数革命者敬仰的英雄。

在奥斯特洛夫斯基目视远方的墓碑雕像前，我凝神了很久。恍惚间，我仿佛看到了伏在铁床上静静写作的他。奥斯特洛夫斯基的侧身雕像显得很清瘦，但他的目光却炯炯有神，脸颊上也充满了向往和期待的神情，那微微上扬的额头上，一缕头发被风撩起，洒脱，傲岸，刚毅，并且超然淡定。奥斯特洛夫斯基的右手就压着那部刚刚完稿的、后来声名响亮的书稿——《钢铁是怎样炼成的》。墓碑上，还雕有他使用过的马刀和尖顶缀有五星的军帽。

新圣女公墓：尼古拉·阿列克谢耶维奇·奥斯特洛夫斯基墓碑

奥斯特洛夫斯基的精神指引和激励过许多革命者。他的意义不仅仅是灯塔，也不仅仅是楷模，他活脱脱地影响了几代纯真又亢奋的中国青年。他们向往那个横刀立马的火红年代，也追随那个铸就钢铁的热血年代。他们认为，奥斯特洛夫斯基就是保尔·柯察金，保尔·柯察金就是奥斯特洛夫斯基。

我就是一个被奥斯特洛夫斯基感动过的“钢铁”追随者。

前不久，在整理旧物时，我竟然翻到了自己中学时期的一个塑料笔记本。那是一个被珍藏了39年的旧笔记本。笔记本的扉页上有一段稚嫩的笔迹——“人最宝贵的东西是生命，生命对于我们只有一次。一个人的生命是应该这样度过的，当他回首往事的时候，不会因为虚度年华而悔恨，也不会因为碌碌无为而羞耻。——1972年12月11日。”这个记录是以题记的形式由14岁的我写在笔记本上的。它表达着一个未成年的孩子对未来的热切渴望与憧憬，也潜藏着一个懵懂少年对英雄人物的顶礼膜拜。那时，我稚嫩的心纯洁而通透。

静静地，我弯腰向奥斯特洛夫斯基深深地鞠了一躬。我看见奥斯特洛夫斯基的墓碑下摆放着一束鲜花，我知道，那大约也是一位与我一样对奥斯特洛夫斯基有深切记忆的人敬献的，他（她）或许还是中国人。

新圣女公墓是一座让我有怀旧感悟的思想殿堂。它静谧地掩映在莫斯科市郊一片绿荫之中。每一个安眠在这里的人，都有一个或风光旖旎或跌宕起伏的故事。它实际上是一个在政治、艺术和经济领域有影响的俄罗斯名人墓园。起初，我错误地判断，墓园无非就是由一堆堆隆起的比那些常见的土堆精美一些的坟茔组成的。真正走进它，我惊诧得几乎叫出声来。如若不是墓地和穆幽静的氛围挤压着我，我恐怕会失控。准确地说，它更像一个名人博物馆里的艺术雕像园。

它的每一块墓碑雕像都是一件艺术品，精辟而凝练地概括了逝者的一生。看这个墓地，你会感觉神清气爽，没有阴森森地狱的逼仄，更没有冷寂萧瑟的死亡之气，因为每一件墓碑雕像上，都会有跨越生死界限的超然，会有与逝者灵魂沟通的顿悟，还可以与你讨厌的人进行自言自语的争执和对骂。这个墓园以其智慧又极富个性的终结评价，艺术地再现了每一位逝者的人生履历。他们是一群活着的石头，一群活着的灵魂。

卓娅墓及雕像

卓娅，一位中国中老年人大多知晓的卫国战争英雄。那是一场与纳粹德国进行的特殊战斗，苏联人以保卫祖国而赢得那场正义战争的胜利。在卫国战争中，苏联死亡2700万人。后来，整个欧洲都卷入了战争。少女英雄卓娅就是在“二战”中被德军绞死的，牺牲时年仅17岁。那个波澜起伏的故事来自一本书——《卓娅与舒拉的故事》，卓娅是我从小就仰慕的女英雄之一。那本书的作者就是卓娅和舒拉的母亲。书中不仅写了卓娅，还写了卓娅的弟弟舒拉。舒拉在姐姐牺牲后进入坦克学校，毕业后以指挥员身份参加了卫国战争，然而在战争结束的前一天，他也不幸牺牲了。在那场血与火的洗礼中，人们经受着灵魂与躯体的双重考验。卓娅与舒拉如涅槃一般获得了重生。

肖斯塔科维奇是苏联著名作曲家。他的墓在一个很不起眼的角落，没有人像雕塑，墓碑上只有简洁的音符……那几个简洁的音符不仅记录着肖斯塔科维奇的人生辉煌，也阐释了肖斯塔科维奇用音乐传播信念、传播爱、传播和平的生命意义。“二战”时期，他激越的音乐支撑着人们为保卫和平而战斗。那首著名的交响乐《列宁格勒交响曲》，也叫《C大调第七交响曲》，就一直回荡在列宁格勒保卫战的硝烟里、战壕中、掩体上。那是一阕让世界为之倾倒的反法西斯经典音乐。

1941年7月至1944年8月，德国人把列宁格勒围困了整整三年零一个月。参加列宁格勒保卫战的军民共牺牲了90多万人。德军司令部原计划于1942年8月9日在列宁格勒阿斯托里亚大酒店为他们的军官举行庆功宴，并且提前发出了请柬。然而，那一天到来时，酒店并没有举行德国人的庆功宴，取而代之的是苏联作曲家肖斯塔科维奇的《列宁格勒交响曲》音乐会。

我了解肖斯塔科维奇起始于观赏深圳交响乐团的演出。我的朋友、著名指挥家张国勇先生在演出前正式介绍了肖斯塔科维奇的艺术成就，并且指挥演奏了肖斯塔科维奇的《第五交响曲》的章节。我听得十分投入，被一种难以叙说的情绪缠绕着，几天内似乎都不能自拔。我把感受告诉了张国勇，他说，这是你对音乐太敏感了，过两天就会好的。张国勇曾多次在莫斯科执棒过肖斯塔科维奇的《鼻子》《列宁格勒交响曲》等著名作品。

肖斯塔科维奇，1906年生于圣彼得堡，毕业于列宁格勒音乐学院，后任该院教授，1943年任莫斯科音乐学院教授，除了《列宁格勒交响曲》，还有果戈理同名小说改编的歌剧《鼻子》，清唱剧《森林之歌》以及第十、十二、十三交响曲和大量钢琴、小提琴协奏曲等作品，他是苏联成就卓著的作曲家。

在肖斯塔科维奇的墓前，我觉得我与这位作曲家就是多年不见的老友，可以进行倾心交谈。我知道，这是我狂妄的遐想。回味那些起伏的旋律、悠扬的乐曲和跳动的音符，我感受到了那力挽狂澜的在血管里流动的力量。

说到果戈理，这位写过《死魂灵》的俄罗斯著名作家，给我这个文学爱好者留下了刻骨的铭记。他被誉为俄罗斯语言大师，著有《狂人日记》《钦差大臣》等作品。他笔下的那些势利官员、狡诈商人、闲逸无聊之人、悲悯的下层劳工，无不浸透着现实生活的印迹，给人启迪与思考。鲁迅就非常欢喜果戈理，他的文章中经常会提到他。然而，果戈理仅仅活到43岁。

果戈理生前曾要求人们不要为他建墓碑，然而，事与愿违。早先他的墓冢并不在新圣女公墓，是20世纪30年代迁移到此的。不过，迁移过程中却遇到了麻烦。一位崇拜果戈理的戏剧家说服了看守墓地的修士，将果戈理的头骨挖走藏在了家中，待后来交出，头骨被果戈理家人运到意大利后又失踪了。因此，果戈理的墓冢实际上是一个空冢，里面并没有果戈理的头骨。当然，果戈理的墓冢修造得也十分豪华，英姿勃发的果戈理半身雕像与黑色坚实的基座搭配得完美协调，显得庄重又雅致。我想，果戈理生前不要墓碑的意愿，可能就是对自己躯体的存放有预感，他不想让自己的“死魂灵”感到不安，最终他还是没有得到“灵魂”的安宁。他变成了一个游荡的孤魂。

新圣女公墓还沉睡着我熟知的作家普希金、契诃夫、马雅可夫斯基、法捷耶夫，戏剧理论家斯坦尼斯拉夫斯基，舞蹈家乌兰诺娃，画家列维坦，电影演员舒克申，歌唱家夏里亚宾、索比诺夫，科学家瓦维诺夫，轰炸机设计师图波列夫，以及米格战斗机的设计者米高扬。

赫鲁晓夫墓碑很有意蕴。这位曾经的苏联共产党中央委员会第一书记，没有按照惯例安葬在克里姆林宫红墙之下，而是安葬在了莫斯科西南角的新圣女公墓。

赫鲁晓夫墓碑是由黑白两色花岗石交叉叠加而成的，一边是黑色，另一边是白色，而在这两者叠加的空隙中，隐露着一个黑灰色的头像——赫鲁晓夫。领队说，这是后人对赫鲁晓夫功过各半的评价，也是对他一生经历的盖棺定论。据说，当年创作赫鲁晓夫墓碑的雕塑家涅伊兹维斯内，曾经与赫鲁晓夫有过水火不容的矛盾。赫鲁晓夫曾当众批判过这位雕塑家。然而在赫鲁晓夫家人的请求下，涅伊兹维斯内完成了他富有挑战意味的雕塑。赫鲁晓夫的家人对此非常满意。他们认为，赫鲁晓夫安葬在这里，有为俄罗斯做出贡献的特殊意义。赫鲁晓夫在退休前已经沦为一名普通职工了，他作为特殊的普通人，应该有特殊的石头雕像。

我为赫鲁晓夫家人妥帖的设想而感慨。

1831·阿尔巴特街

最早知道阿尔巴特街是20世纪80年代，曾有人极力推崇过一本叫《阿尔巴特街的儿女们》的小说。那本小说被译成汉文之后，很厚实，封面有大块的黑色。那时我也业余写小说，对阿尔巴特街就稍稍留意了些。我记得是一个叫雷巴科夫的苏联人写的，以苏联“肃反”为背景，叙述了曾经在这条街上成长的一帮高干子女转瞬消失在苏联漫漫大地上的故事。当时印象，这条阿尔巴特街是一条金粉华丽、烟雾缭绕又乌七八糟的街，大约是模仿资本主义嬉皮士之类堕落的东西而产生的街。

真正站在阿尔巴特街上，才发现它是一条又小又短的街，与中国常见的步行街没有什么不同，繁华程度远远不如王府井和南京路步行街。它只是一条宽约10米、长仅800米的步行街，过于小巧，也过于琐碎零乱，但却被称为“莫斯科的精灵”。我看多少有些名不副实。

最抢眼的是53号。那是一幢俄式两层楼建筑，淡蓝色的墙壁上有一块灰色大理石牌匾，上有俄罗斯诗人普希金浮雕侧面像和俄文“亚·谢·普希金”的字样，同时还有“1831年”。这就是普希金故居，如今它是来人最多的招牌建筑和诗人博物馆。它的对面就是著名的普希金与夫人娜塔莉娅·冈察洛娃的青铜塑像。普希金留着很大的鬓角，头发自然卷曲，身穿燕尾服；冈察洛娃则是一袭落地婚纱，那宽大的裙摆映衬出她的美艳与尊贵。这尊雕塑反映的是普希金 1831 年 2 月与冈察洛娃结婚的场景。它复述了普希金左手托冈察洛娃的右手，缓步走向婚姻殿堂的那个鲜亮时刻。普希金与冈察洛娃都目视前方，心中充满了对未来生活的美好向往。那一年普希金 32 岁，而天生丽质的冈察洛娃年仅 19 岁。在阿尔巴特街 53 号，普希金与冈察洛娃度过了清波透碧的三个月时光，然后就移居到了圣彼得堡。

普希金被誉为“俄罗斯文学之父”“俄罗斯诗歌的太阳”。他一生创作了大量诗歌、小说与散文，其代表作为诗体小说《叶甫盖尼·奥涅金》、长诗《青铜骑士》《高加索俘虏》、抒情诗《致大海》《自由颂》《我曾经爱过你》等。《假如生活欺骗了你》是一首被众多中国人熟知与喜爱的诗歌。那首诗用普希金的话说，就是“用诗歌唤起人们善良的感情”。

“假如生活欺骗了你，不要悲伤，不要心急！忧郁的日子里需要镇静，相信吧，快乐的日子将会来临！”这些亲切、朴素、曼美、清畅又寓意深远和直沁心脾的句子，让人们对美好生活树立了坚定的信念，即便是在逆境中，也不会绝望和悲悯。这是一首温暖亲和的诗，一首点拨未来的诗，更是一首馥郁优雅的诗。年轻的普希金像一位饱经风霜的老者，温婉地传授着他的人生哲理和人生经验。普希金的确是一位睿智的预言家，这也吻合了人们对他“太阳”的称谓。其实创作这首诗时，普希金年仅 26 岁。

普希金故居就是后来苏联红军“先锋剧场”所在地，著名苏维埃诗人马雅可夫斯基与先锋戏剧导演迈尔霍尔德，就是在这幢房子里讨论、构思出了数部具有探索意义的理想主义剧本。马雅可夫斯基的长诗《一亿五千万》的某些段落和著名讽刺诗《开会迷》就产生于这幢内涵非凡

作者在阿尔巴特街普希金与冈察洛娃雕像前

的建筑。我觉得马雅可夫斯基后来写的长诗《列宁》和讽刺喜剧《臭虫》，也有阿尔巴特街的灵性，虽然他后来因受到打击和爱情受挫而绝望了、哀怨了、崩溃了，最终饮弹自尽，但他伟大的阶梯诗却成为中国诗人效仿的范本。我也受他影响，曾写过一批类似阶梯的分行句子，最得意的就是 1978 年发表的二百行长诗《献给五月》。

著名作家托尔斯泰、陀思妥耶夫斯基也在这里逗留过。当然，除了作家，这里聚集最多的还是那些街头杂耍艺人、肖像风景画家和地摊小商品叫卖者。是他们的存在，让阿尔巴特街声名远扬。古玩、书籍、望远镜、木偶玩具、瓷盘、俄罗斯套娃、复活节彩蛋、琥珀首饰、旧军装、纪念章、护身符等，都在这里呈现着。也有不少人在街面上游走、闲坐或穿奇装异服倚墙而立，表情漠然地观赏，三三两两地说话，抑或目光阴冷地盯着人。据说，在 20 世纪 30 年代，阿尔巴特街这种光怪陆离的颓废之风就开始盛行了。

由于喜爱绘画，在几处摆有画架、画夹、油彩、素描的画摊前，我驻足观察了一阵。我发现，这里的画大约分为几种画风，它们大都在各自的领地蔓延、滋养着，于是就形成了艺术气息浓郁的画廊氛围。一位头扎马尾辫、留着黑胡须的大个头画家，身穿一身红色运动服，正静谧地为一位少女画速写头像。他的用笔老辣、干练、流畅，那作派宛若一位大画家。

俄罗斯油画曾经以它的凝重、细腻、题材重大、色彩丰盈博得我们的青睐和挚爱。列宾的《伏尔加河上的纤夫》，那一群衣衫褴褛的纤夫拖着沉重而疲惫的脚步拉船的画面，那河道，那凝重之水，那沙滩上的几只破箩筐，都为纤夫们增添了悲凉凄惨的氛围，令人震撼。苏里柯夫的《近卫军临刑的早晨》，在莫斯科克里姆林宫墙外的背景上，描绘了彼得一世残酷处决近卫军行刑前的森严场景，令人悲悼。还有瓦斯涅措夫的《勇士停在三岔路口上》，让我觉得有一种逼真的质感。今天，我穿梭在阿尔巴特街的画市，仿佛走在俄罗斯名画中间，捧读着，体味着，思想着。那些悬挂着的风景画、人物画，或风格粗犷或主题隐喻或用笔细腻，都多多少少显示了不俗的艺术水准。可以看出，卖画者中有相当一些人是实在没有办法才沦落街头卖画的。早先，苏联时代的画家待遇很不错，他们有稳定的工资收入，又有被人民推崇的艺术地位。然而今天，他们不得不为了养家糊口而奔波。不过，这些画家并不拉客，也不争抢着推销自己的作品，他们大都表现得比较矜持、比较本分。

在一个挂满风景油画和静物画的画摊上，我看上一幅具有 18 世纪莫斯科旧街道风韵的油画。画中有旧式路灯，有哥特式尖顶，有雨中身着长裙的艳美少女和雨中优雅闲逸的倒影。它很像一幅印象派画风的油画，还透溢着一种忧戚中的甜蜜之气。画主是一个棕色头发的中年人，他穿着一件早已过时的黑呢子长大衣，蓝灰相间的围脖搭在大衣上，很不协调。他看我喜欢，便用手比画说："3000 卢布。"我看了看他，随口说："1000 卢布。"

然而，他不再砍价，只是用蓝眼球盯了我一会儿，点点头，说："哈拉绍。"我没招了。开始我想，他肯定还会再还一次价，但是，没有。他让我很意外。

我买下了这幅油画，并且请一位过路的少女给我们合影。他一边熟练地为我包画，一边指着自己，似乎在说，这画是我画的。

一位多次到过阿尔巴特街的朋友盯着这幅画说："1000 卢布，太值了，光这画框和画布就不止这个数。"

那幅画的背后有签名，朋友说："哈哈，这画名是《1831·阿尔巴特街》，画家叫安德烈·瑟托夫。"

依然领衔的红色建筑

苏联曾经有诸多让世界为之震颤的经历，它的辉煌气势也曾让人们唏嘘，尤其是苏联发射第一颗人造地球卫星，一度让美国人大惊失色，他们忽然意识到优越的美国空间技术竟然被苏联人逼到了死角。紧接着是苏联宇宙飞船的成功回收，居然重 46 吨，是当时美国回收宇宙飞船重量的 100 倍，并载有两条狗。后来就是震惊人类的宇宙飞船“东方 1 号”的成功，加加林第一次在地球之外看到了人类居住的蓝色星球——地球。

其实，那时苏联的强大渗透到了各个领域。第二次世界大战后，其经济迅猛发展，1951 年工业产值比 1929 年增长了 13 倍，而同期美国只增长了 2 倍。那是苏联意气风发的时代，也是苏联人张扬跋扈的时代。

脚踩在今天俄罗斯的大地上，我有种一切都老矣旧矣的感觉。当然，这种老矣与旧矣是相对的。我在俄罗斯竟然没有见到一条高速公路，也没有见到一座现代化程度很高的立交桥。不过，莫斯科还是很古朴很大气的。平庸低矮的老建筑与无边宽阔的城市用地交织在一起，也许你会认为，莫斯科应该这样，不必太现代。

克里姆林宫那些棕红色的尖形塔楼，金碧辉煌的“洋葱头”教堂和精致华美的巴洛克古典建筑，飘溢出的是富丽堂皇之气；偶尔从森林里透溢而出的造型独特的俄罗斯传统建筑，也会让人平添别样的静谧之感，使旷远的莫斯科露出偶尔的峥嵘，也增添了凝重与悠远，但还是缺乏伟岸和高耸。

美国人在20世纪30年代曾经疯狂地建设了一批高层建筑，纽约曼哈顿一夜之间就变成了摩天大楼的世界，那速度和气势让人目眩，也让人妒忌。可当我目睹了莫斯科斯大林时期的著名建筑后，我欣慰了，我为莫斯科有另外一种博大、一种结构繁缛、一种气宇轩昂而亢奋和坦然。这批建筑是20世纪40年代末，斯大林以一种高远和霸道的气魄率领充满向往的苏联人民面向未来的智慧结晶，它们见证了“二战”以后蓬勃发展的社会主义建设速度和苏联人民奇异的创造力。可以说，今天它依然是莫斯科的骄傲，也依然是斯大林留给后人的丰腴遗产。

这批鹤立鸡群的突兀建筑共有七座。它们高贵而从容地云架在莫斯科上空——麻雀山（1933年至1999年称为列宁山）上的莫斯科大学主楼、斯摩棱斯基广场上的外交部大楼、莫斯科河畔的乌克兰饭店、列宁格勒饭店、交通部大楼、高级知识分子大楼和艺术家大楼。在经历了半个多世纪的风雨浸湿和种种争辩之后，它们逐渐显现出炫目与惊艳，成为当今莫斯科无可争议的标志性建筑。

这些依旧流光溢彩熠熠闪烁的大楼，有一个共同点——中央主楼高耸突出，细长的尖柱托着一颗巨大五星，两侧或四角有配楼，较为矮小，用以反衬主楼的雄伟与壮观。那时，为了避免与美国摩天大楼冲突，斯大林特意取名为“高层塔楼”。于是后来就有人称之为“斯大林楼”。这批庞大的仿哥特式又非哥特式建筑，在斯大林死后，曾引起一片微词和非议，并且一度被翻出来批判、嘲笑和质疑。

然而，今天几乎所有到莫斯科的外国人都会来观赏这批庞大、敦实、华贵的建筑。它们似乎变成了今天俄罗斯的骄傲和闪光点。俄罗斯人似乎也在外来者的惊呼中发现了它们的魅力，纷纷主动炫示它们的风采和仪容。

它们洪钟大吕般地兀立在莫斯科庸常的建筑之上，有一种鹤立鸡群的气势，更有一种独立脱俗的美丽。在21世纪的今天，它们依然先锋着、新潮着。它们分明是苏联时代建筑设计师的诡谲之作、梦幻之作和通向未来之作。虽然当时有人称它们“笨拙”“怪诞”，但今天看来，它们历经沧海却依然领衔着莫斯科的风采，并且从容而镇定。

据说，当年斯大林曾经决定在莫斯科建四十座这样的大楼，以展示“二战”胜利后苏联铿然有声的气魄，并弥补战争留下的创伤。然而仅仅建了七座之后，斯大林就去世了，于是，它们到此结束。说是结束，其实不可能结束，实际上形成了一个遗憾和非议并存的局面。

在这些被称为“延续的新古典主义艺术潮流风格”的大楼中，最值得推崇的就是莫斯科大学主楼。这座矗立在麻雀山上的庞大建筑，高耸在绿色森林包裹着的城市之巅，幽邃、坚挺，透着一股霸气，也透着一股傲慢。

站在麻雀山的平坦台地上，第一眼看到的就是莫斯科大学这座高达240米的庞大主楼，而转身俯瞰莫斯科城区，在绿色环抱之中，深秋的阳光闪闪烁烁地攀附在各种建筑的尖顶上，最为醒目的还是那些风格迥异的“斯大林建筑”。

莫斯科大学全称莫斯科罗蒙诺索夫国立大学，由米哈伊尔·瓦西里耶维奇·罗蒙诺索夫倡议，由伊丽莎白·皮得罗夫娜女皇下诏书创建于1755年，原址在莫斯科市中心。1948年，根据斯大林的提议，几度选址和设计，最终选择了如今的地点。该楼群包括主楼、物理大楼、化学大楼、文化中心和体育馆等。主楼36层，仅中央尖顶的针长就达50米，上有红黑宝石五星，重量达12吨。斯大林曾说，主楼不能低于20层，而且一定要建在列宁山上，要让莫斯科市民从各个角落都能看到它。斯大林还说，要盖 6000 间学生宿舍，保证学生的学习和生活。斯大林的设想最终基本实现，宿舍就有 5000 多间。

当年，为了完成这个庞大工程，先后有 14000 多人参加了建设，并且有 3000 多斯达汉诺夫式共青团员组成了青年突击队——他们涌动在沸腾的建筑工地上，像一股人头攒动的热流。他们完成了这座前无古人的建筑。这幢建筑轮廓严谨、构思巧妙、外观雄壮，显示了俄罗斯当时的最高艺术水准。即便是今天，它依然独有魅力，博大而雄劲。

站在宽阔的麻雀山上，看着这座奇异的建筑，我耳边响起一首熟悉的旋律。那是一首曾经在中国热血青年中间广为传唱的老歌——《列宁山》。"亲爱的朋友，我们都爱列宁山，让我们迎接黎明的曙光。从高高山上，我们瞭望四方，莫斯科的风光多么明朗……""啊，世界的希望，俄罗斯的心脏，我们的首都，莫斯科"。站在列宁山上，背靠莫斯科大学，我的心绪很复杂。那些曾经的"多么明朗""世界的希望""黎明的曙光"，仿佛一夜之间都消失了、隐匿了，化作氤氲的雾霭，化作空寂的呓语。

这还是那个曾经红极一时的莫斯科吗？！我隐隐感到一种失落。那个曾经气吞虹霓的英雄年代，恍若隔世。

走到一个摆有俄罗斯套娃、彩蛋、瓷盘、小酒壶及工艺品的小摊上观赏了一会儿。我想，这些物件大概都是给外国人准备的。哦，我是一个外国人。我笑了笑，然后就选择了一个画有莫斯科大学主楼的彩色瓷盘。我知道，我选择它意味着我怀念那个气吞虹霓的英雄年代。我为身穿羽绒服的女摊主拍了照。她有一头耐人寻味的金发，熹微的阳光下，那金发透着隐逸的嫣红。

涅瓦河上的张望

那是一部叫《黑流》的小说，里面有一个俄罗斯姑娘叫爱丽娅。她有幽兰透碧的眸子和妖娆多姿的风韵。那是二十年前我写的小说。那时候苏联还在，中苏关系也处在恢复阶段，两国的口岸已经红红火火地开放。小说的时间跨度较大，有爱丽娅到准噶尔寻找母亲恋人的情形。爱丽娅的母亲是20世纪50年代中苏石油股份公司的职员。那时，中苏青年卿卿我我谈恋爱很普遍。爱丽娅来自有涅瓦河的列宁格勒。圣彼得堡那时叫列宁格勒。其实，我写爱丽娅并没有底气，因为我不了解涅瓦河，我只是臆造了一个所谓浪漫多情的俄罗斯姑娘。那是我目光短浅的悲哀。

那篇虚构文稿里，我居然写了涅瓦河、涅瓦大街、喀山大教堂和花岗岩护河堤。其实，我的一知半解均来自果戈里的《涅瓦大街》《鼻子》，列夫·托尔斯泰的《安娜·卡列尼娜》和一个叫五木宽之的日本作家的《看那灰色的马》。现在想来十分搞笑，我当时在懵懂状态下，居然敢大言不惭地讲述陌生的列宁格勒。

现在，我站在了圣彼得堡涅瓦河的一条斑驳旧船上。我和几位文化学者竟然与现实中的金发俄罗斯姑娘一起跳踢踏舞、喝伏特加酒、吃墨黑墨黑的鱼子酱、听苏联老歌——那些令我倾倒的《三套车》《小路》《纺织姑娘》。歌声里的姑娘仿佛就是爱丽娅、冬妮娅、卓娅、喀秋莎，以及娜塔莎，她们代表着我曾经熟知的俄罗斯姑娘的一切。

涅瓦河水色深沉，泛着深秋的凝重和冷峻，河两边的建筑随着旧船的移动，时而清晰明丽，时而朦胧模糊，如翻阅延展的历史画卷一般。——彼得保罗要塞的塔尖，像一柄利剑直刺晴空；海战胜利纪念柱的四个巨人雕像，据说象征着伏尔加河、第涅伯河、涅瓦河和伏尔霍夫河四条俄罗斯大河；旧海军总部大楼那淡黄色的严整简洁风格和冬宫华丽精美的巴洛克风格相映成趣、熠熠生辉；冬宫广场中央的大纪念柱，是为俄罗斯战胜拿破仑而建的亚历山大一世沙皇圆柱，依然彰显着世界同类建筑精品的风范。

河畔深绿色的水面上停泊着一艘老式军舰，它静静的，如一座庞大

作者在阿芙乐尔号巡洋舰前

的灰蓝色建筑——它就是著名的阿芙乐尔号巡洋舰。就是它在 1917 年发出了十月革命的第一声炮响。曾经有许多年，一提到十月革命，我眼前就会浮现苏联电影《列宁在十月》中阿芙乐尔号的炮弹落在冬宫广场的壮观场景。那是我成长过程中最难忘的教科书，它让我的思维模式永远定格在了那个充满幻想的革命年代。

露天咖啡馆是涅瓦河边的一道风景。那些精巧的咖啡店或小酒吧，大多还遗留着夏季忙碌的痕迹。虽然深秋了，依然能透过玻璃窗看见室内奶白色的灯光和攒动的人头。当年那些风雅才子，往往都把自己装扮成贵族模样，或三三两两在咖啡馆里吟唱诗文，或带着身影摇曳的丽人，喝着又浓又苦的咖啡，释放着多样的风情。于是，我就恍惚看见了一个人，一个俄罗斯民族推崇的民族英雄——普希金。

亚历山大·谢尔盖耶维奇·普希金是当今俄罗斯人依旧崇敬的世界级著名诗人。无论在莫斯科还是圣彼得堡，似乎随处都能看见普希金的雕像或者故居，至少我就亲眼看到了四五处。

涅瓦大街上似乎还漂泊着 18 世纪的古旧气息。那些依旧华丽隽美的巴洛克建筑，那些严谨庄重的俄罗斯式柱廊和浮雕，都散发着当年古旧的情调。

涅瓦大街上有一个普希金咖啡馆。在 1833 年至 1837 年，普希金几乎是这家小店的常客，他一边喝咖啡一边低头浅吟着一首首神奇的诗句。他眉清目秀，秉性孤傲，潇洒倜傥，多愁善感。——《青铜骑士》《黑桃皇后》《上尉的女儿》大约就是在这个咖啡馆酝酿和构思完成的。在与法国人丹特斯决斗前的 1837 年 2 月的某一天，普希金还来这家咖啡馆喝过伏特加酒，并且神情自若地向店主做了一个胜利的手势，然后就将双手塞进衣兜，义无反顾地走了，再也没有回头。那时，他感觉心灵透亮，并且燃烧着一颗炽烈的火球。他希望那火球变为枪尖上的永恒，迸发出永存的爱意。普希金行走时的样子很英武。如今，这个以普希金名字命名的咖啡馆，门口有普希金蜡像，二楼餐厅有普希金大理石雕像，俨然就是一个普希金之家。我想，这肯定是后来老板的蓄意炒作，他是为了招徕更多的顾客而精心设计的。

普希金在青少年时期曾就读于叶卡捷琳娜宫旁的皇村学校，现在那里叫沙皇村，又叫普希金城。那是一个绿树环抱的有浓荫、有鸟语花香的贵族学校。深秋的金黄树叶，一层层的散落在地上，如地毯一样，脚踏上去有一种柔软的亲切感，那沙沙的声响会勾出你缱绻的人生经历。当年，普希金也在这里的某条小道上作诗、恋爱，并且粗鲁地拥抱女友或者温馨地吻她。那些高大长寿的桦树、椴树、菩提树，似乎还散发着普希金时代的气息，让人迷恋和心仪。普希金曾说：一整天，无论是如何忙碌，占据我整个身心的唯有你。

这位名叫普希金的俄罗斯文学之父，俄国诗歌的太阳，最终年龄止步在了三十八岁。那是一个青春喷发又才华横溢的年华，他却被阴谋暗算了。普希金从咖啡馆出来后，就与那个法国籍宪兵队长丹特斯开始了为尊严和爱情而战的生死决斗。他中计了，被击伤了，没有几日便离开了人世。有资料说，沙皇的鹰犬也参与了决斗的密谋。

那一年，人们称：俄国诗歌的太阳沉落了。

别林斯基说：从普希金起，才有了俄罗斯文学。

我说：是的，普希金是我最敬仰的诗人。

经营咖啡馆的胖老板说：这个咖啡馆与普希金时期的摆设是一模一样的。这显然是谎话。当年它是涅瓦大街 18 号。

除了留有大鬓角、头发鬈曲的普希金，涅瓦河还养育过许多声名显赫的大艺术家。他们时常会穿那种黑色燕尾服，乘坐那种老式马车，在得得的马蹄声的伴随下，穿梭于涅瓦大街的教堂、私人庄园、剧院、舞厅、酒吧，当然有时还不得不进入监狱。他们是托尔斯泰、果戈里、屠格涅夫、柴可夫斯基、陀思妥耶夫斯基、穆索尔格斯基、莱蒙托夫……

他们的生活圈子大都泛滥着贵族慵懒的糜烂气味，同时，他们也在为冲破这个圈子而做着身心疲惫的努力。在宽阔平坦的涅瓦大街上，他们用才华和思想勾勒出一个个一组组流失了的那个时代的丰腴人物，那些人物或风光旖旎或形象猥琐或虚情假意或命运悲惨，显现出涅瓦大街奇诡、晦暗、阴郁的世间百态。安娜·卡列尼娜就是他们勾勒出的人物的典型代表，她最终放弃了彼得堡涅瓦河畔的贵族生活，烦躁了，心碎了，忧伤地走向了铁轨，结束了她奇异的爱情。而现实中，在普希金去世后，果戈里也变得沉默而郁郁寡欢，终于他也痛苦地离开了涅瓦河，匍匐在了罗马的西班牙台阶上。

游船上的俄罗斯姑娘拉起了我的手，示意我们一起跳舞。我于是借着伏特加酒的酒劲，也举胳膊抬腿地跟着扭动和踢踏起来。大约是伏特加酒在作怪，我的动作有些笨拙。其实这种酒很平实，口感也很绵气，不像我们的伊犁特曲，喝起来总感到背后有人在用脚踢你，火烧火燎地追赶着你。伏特加酒没有那么冲，柔中带刚。

在流动的涅瓦河上，追思回忆风色凄迷的圣彼得堡，抑或是邂逅涅瓦大街上那些形形色色的行走艺人，似乎一切都很古旧，又似乎一切都很新鲜。那些陈年故事如斑驳的河边建筑一样，时而闪闪烁烁，时而又黑影憧憧。它们透溢着一些沉重、一些悲凉，也阐释着一些顿悟和一些思考。

在涅瓦河中间向岸边张望，一切仿佛都没有变化，一切仿佛又都是新的。

冬宫：小姐们都昏过去了

他在美轮美奂的雕像中穿梭着，动作敏捷而干练。他不能不敏捷，因为子弹正呼啸着从他头顶上飞过。他伏下身子，悄悄从女人雕像的小腿处伸出枪管。那是一支老式驳壳手枪。于是，一粒粒子弹飞了出去，冒着一股股青烟，接着就是啾啾啾的声音。女人雕像被弹头击中，溅起了白烟。我的心揪着，仿佛感到了那冰凉女人的疼痛。

那是1968年夏天，我在操场上观看苏联电影《列宁在十月》。那一年我十岁，很崇拜列宁聪明的绝顶和潇洒的手臂。那是一位伟人引领我们面向未来的神圣手臂。十岁的我心存幻想，也心存高远的志向。那一年，许多孩子都会复述这部电影中的一句名言。它就是刚才射击者说出的名言：接线的小姐们都昏过去了！昏——过——去——了！

那个穿梭于雕像群中的持枪者叫马特维耶夫，是列宁时代苏维埃的一个卫队长。我崇拜他的勇猛、诙谐和灵动。

然而纷繁奇诡的生活是没法揣测的，我在毫无心理准备的情况下，来到了圣彼得堡——曾经的列宁格勒。潜伏已久的亢奋让我的心脑血管开始膨胀，我不得不吞咽下一片降压药，以缓解心灵的压力。

距那次观看露天电影四十多年了，世界早已发生了天翻地覆的变化，而我的心仿佛还停留在十岁。踯躅在马特维耶夫当年举枪射击的大厅里，我轻轻抚摸着一尊尊精美的雕像，耳边依旧能听到子弹的啾啾鸣叫。我甚至企图找到那尊小腿被弹头撞击后留下裂隙的女人雕像。马特维耶夫高声说：大家要保护艺术品……它们是十分珍贵的艺术品。

十月革命的前辈居然要保护“资产阶级”的艺术品，当时我十分蹊跷，也十分迷惑。那是一个孩童的真实迷惑。

这就是冬宫留给我的纠缠不清的秘密。彼得堡——彼得格勒——列宁格勒——圣彼得堡。在这个名字不断变幻的城市里，冬宫似乎没有变，它像一块冬日里凝固的蓝色宝石，坚硬而冷艳地散着光，呈现着它的多重美丽。我想，马特维耶夫都酷爱冬宫的艺术品，我没有理由不倾心向往。

沙皇时期的冬宫早已不复存在了。虽然在18世纪阴郁的俄罗斯大地上，它曾经辉煌而炫目；虽然它曾经是伊丽莎白一世最华贵的巴洛克建筑，并且在它的广场上举行过盛大的庆典，行走过庞大的马队和威武的战车。那个名叫拉斯特雷利的意大利建筑设计师，曾经得意地抽着雪茄，神情傲慢而自恋。因为冬宫是他设计的。老沙皇彼得一世就很崇尚西欧建筑，尤其是法国巴黎的建筑。拉斯特雷利得意于自己在设计上的突破，他把巴黎建筑的典雅之美给放大了。于是，老沙皇就笑得合不拢嘴了，因为他的地域正在无限度地扩充着，他有幅员辽阔的大地。彼得一世的大地可以任拉斯特雷利打开想象空间。

马特维耶夫卫队长向冬宫的核心部位进发时，停泊在涅瓦河上的阿芙乐尔号巡洋舰的大炮已经向冬宫打响了第一炮。那是被我们誉为震动世界的第一炮，也是无产阶级轰向资产阶级的第一炮。我清楚地看到，阿芙乐尔号巡洋舰的水兵们并没有把炮弹打到冬宫华丽的拱顶上，也没有蓄意破坏那些精美的男像柱门廊，水兵们只是让炮弹落在了冬宫广场那根著名的亚历山大纪念柱的旁边，浓浊的烟雾顿时覆盖了纪念柱的尖顶。那根纪念柱也是经典艺术品，它是用一整块花岗岩巨石雕刻完成的，重达六百吨，它看上去高耸、伟岸，充满灵性。我抚摸着它光滑的外表，从内心里体味着列宁时代水兵们对艺术的潜在爱意。

冬宫广场是一个大广场，先前我以为天安门广场是世界上最大的广场，然而看了冬宫广场，我想说，它一点也不小。在冬宫大铁门前、台阶上、楼梯口处，我寻觅着当年革命者留下的痕迹，却没有发现异样和残留的弹痕。我很失望，但还是感受到了攻打冬宫时的山呼海啸，以及那些临时政府官员们被吓得魂飞魄散的状态。我还听到了“乌拉！乌拉！”的欢呼声，它依然回响在冬宫的上空。

作者在冬宫广场

冬宫最早的艺术品是叶卡捷琳娜二世收藏的。她于1764年从德国商人郭茨科夫斯基手里购买了二百多幅西欧名画。那时，冬宫是叶卡捷琳娜二世的私人博物馆。在列宁引领下的苏维埃红色政权取得了十月革命的胜利后，冬宫才真正成了艺术博物馆，名叫国立艾尔米塔什博物馆。如今有许多圣彼得堡人称它为“隐士宫”，因为法语的艾尔米塔什就是隐宫的意思。我想，这样称呼的另一层含义是，它曾经是女皇隐藏个人心爱之物的地方。它潜藏的东西很私密。

1922 年，一批喜爱艺术的革命者把昔日的皇宫变成了让广大无产阶级享受艺术的天堂。今天，我仔细揣摩着这些纷繁迤逦的历史过程，觉得列宁在 1917 年 10 月 20 日从芬兰潜回彼得格勒是一个历史性的门槛，也是一次美丽的定格。

由于喜爱艺术的缘故，我在冬宫正门大厅就与同行的朋友走散了。我专注地欣赏着金碧辉煌的有漂亮台阶的约旦大厅里的古典艺术。它们是古埃及、美索不达米亚和古希腊文明，还有伊楚利亚和西伯利亚原始部落的文化。那个最著名的贡扎加浮雕宝石上有古埃及国王托勒密·费拉得尔费及王后的雕像。那宝石制作于公元前 3 世纪，仅磨光缠丝玛瑙石就需要用数年时间。

意大利文艺复兴巨匠达·芬奇的《圣母丽达塔》，是一件创作于 1491 年的名画，它静静地存放在华贵的达·芬奇大厅内。慈祥的圣母怀抱着一个健壮的婴儿，那婴儿顽皮地吮吸着圣母的乳头，眼睛却目视着画面之外的地方。那幅画清新明丽，平缓柔和的光线和细腻精湛的笔触让我感动不已。艾尔米塔什博物馆还展出了达·芬奇的《戴花的圣母》、拉斐尔的《科涅斯塔比勒圣母》和米开朗基罗的雕塑《蜷缩成一团的小男孩》。是的，冬宫里还藏有罗丹、梵·高和马蒂斯的名作，它们各臻奇妙地炫示着它们的风采。过去，我多少知道一些冬宫的收藏，却没想到它会这样富足和饱满，让我的心感到淡定而满足。

罗丹是一个把石头变成生命的雕刻家。他在坚硬而冰冷的石块上完成了一次又一次心灵的叙说。他的叙说带着人类的思念、孤独、情爱、渴望与激情。罗丹总是把人类企图追求的完美思想雕刻在石块上，赋予它灵性，让它变成实实在在的高旷绝尘。《思想者》《加莱义民》《地狱之门》，都曾令我沉醉。当面对那件叫《永春》的雕刻时，我愕然了，它的精雕细琢和粗犷斧劈，都完美地表达了作品的主旨，以及蛰伏在主旨之外的意蕴，尤其是青年男女光滑柔润的肌肤，真实而有质感，令人叹谓。我想，那肤若凝脂般的质感是在男人与女人嘴唇吻合的一瞬间爆发的。那是一个激情美丽的瞬间。然而，当你仔细观察时，就会发现，原来罗丹并没有雕刻男人和女人的嘴唇，它们竟然是紧紧连在一起的。那是一隅男人和女人不分彼此的相通境界。于是，他们融合了。——在细腻的皮肤与头发的交错处，突然用虚化融合手法来表现男女青年的接吻，只有大雕刻家罗丹会创造。

梵·高的油画《小农舍》创作于1890年。虽然那幅油画看似并不起眼，却拥有着梵·高情火四溅的笔触和令人心颤的阳光色调。那时正是梵·高充满深情又难以自制的创作兴奋期。他的骤然明媚起来的画面，他的阳光下明快生长的花草与微微颤动的农舍，形成了一组迸射着潋滟波光的生命气息。梵·高后来创作的《麦田上的乌鸦》，就没有《小农舍》的明丽和畅快，麦田上鸦群的翅膀就如同黑色的地狱一般。于是，梵·高绝望了，就思念那个有明丽阳光的大地，就吞弹自饮在了旷野上。艾尔米塔什博物馆为我闪回了梵·高明亮而炫目的清新面目。

法国画家亨利·马蒂斯于1910年创作的《舞蹈》是一幅经典名画。舞动的五个女子像一片舞动的红云，她们手牵手伸展着四肢，在深蓝而忧郁的背景映衬下，显得精神饱满而心绪纷杂。马蒂斯的画，笔法粗犷，硬朗率性，超拔不羁。马蒂斯大约想叙说人类复杂的主观心态，那是人们在困境中执着追求的心态。于是，马蒂斯就被人们称为“野兽派”画家。马蒂斯曾经说：我最期望的，就是表现……我不可能奴隶式地照抄自然。

当然，《拉奥孔》群雕是没法躲避的艺术经典。那尊著名的古希腊大理石群雕，曾经珍藏于古罗马皇帝提图斯的皇宫里，是1506年由意大利人佛列底斯在葡萄园里挖到的。据说献给了教皇朱理奥二世，并且请大艺术家米开朗基罗修补过，但米开朗基罗没有完成。《拉奥孔》群雕居然也收藏于冬宫之中，这又让我惊讶了。

《拉奥孔》群雕描绘的是拉奥孔和他的两个儿子被巨蛇缠死的故事。十八岁那年，我读德国启蒙运动时理论家莱辛的《拉奥孔——论诗与画的界限》时，就没有搞清楚是先有了希腊雕像《拉奥孔》，还是先有了古罗马诗人维吉尔《伊尼特》中的拉奥孔。但是，我没有对此纠缠不休，因为我看到了雕像——《拉奥孔》。这尊由古希腊雕刻家阿格桑德罗斯与他的儿子波利多罗斯、阿塔诺多罗斯共同创作的群雕，气势磅礴，形象逼真，呈现为金字塔形状。拉奥孔与两个儿子的姿态和表情相互呼应，层次分明，体现了扭曲与美的协调，是一组气韵非凡又铿锵有势的艺术经典。

次年5月，我女儿从罗马打来电话说：爸，我在梵蒂冈博物馆看到了《拉奥孔》群雕的原件，冬宫里的《拉奥孔》群雕是复制品。

我为冬宫的虚伪倒抽了一口凉气。

那些怀旧老歌

在我们走下车时，他们开始整理乐器——小号、萨克斯、拉管。他们是一支小型管乐队。大约没有想到造访者的出现会比平时更早一些，仓促之间，他们吹奏起了第一首歌曲——《山楂树》，接着就一首接一首地演奏，《三套车》《红莓花儿开》《喀秋莎》。他们像一群钻进参观者肚子里的蛔虫，游走自如。他们居然知道我们——至少是我的心思，我有些受宠若惊。

几天来，在莫斯科的麻雀山、加里宁大道、二战胜利广场，抑或是富丽堂皇的“地下宫殿”——地铁站，我都被一种怀旧曲线摇曳着、弹奏着、揉搓着。今天，它终于在这个曾经是女王叶卡捷琳娜的豪华宫殿前被拽到了极致。我不能自制了。两百年前意大利著名设计师拉斯特雷利奉伊丽莎白女王之命兴建的这个皇宫，是白蓝金色交织的精美绝伦建筑，它让人迷幻并产生浪漫诡异的遐想，然而，在大门口我还是停住了脚步。

我知道这些俄罗斯街头演奏家是有意为之的，他们的目标就是中国人，他们知道中国人怀恋什么。虽然我也知道，他们是一些善于为游客作秀的演奏者，但我还是被俘获了，我骨子里潜藏着呵护和宠爱那些老歌的细胞。

那些豆芽状的社会主义音符，就像深埋在我心底的种子一样，等待着生长，等待着开花结果。

中国人开始往他们摆设的礼帽里撂硬币了，也有大方者投以十卢布甚至五十的纸币。当然，没有卢布的，就直接放人民币。人民币在俄罗斯已经变成了硬通币。

吹奏者都是风烛残年的老者，他们吹奏时表情呆滞，眉宇间凝着疲倦和哀愁，但却十分卖力，不过，他们的卖力不显得媚俗。他们既不感谢那些投币者，也不白眼那些纯粹观看又不掏钱的小气客人。我喜欢这种忧郁的氛围，也掏出一张大面值的人民币。我知道，这就是埋藏在我血脉中的苏联情结。我分析，这些俄罗斯老者恐怕也有这种怀旧情感，于是就寻觅中国人的踪迹，专为中国人表演，也从中找到了自己炫目的过去。他们让我心尖震颤又漫舞着淡淡的酸楚。

1973 年，我上高一，因下厂接受工人阶级再教育，去一个汽车运输站修理车间锻炼。那车间有一位会拉手风琴的胡大哥，周围总是“蹲伏”着一群喜爱音乐的青工，他们还经常聚集在宿舍门口听胡大哥拉琴唱歌。我也成了“蹲伏”者之一。胡大哥风流倜傥，才华恣肆，他边拉边唱边跳，情真意切，很有煽动力和诱惑力。他唱的歌与高音喇叭里放的歌味道迥异。《三套车》《小路》就是那时跟他们学的，我发现他们唱的歌有一种抚慰和穿透心灵的力量，沧溟，凄婉，勾魂，歌词更让人梦游般遐想。赫鲁晓夫上台后，中国和苏联分歧越来越大，之后发生了珍宝岛战役，苏联歌曲就没有人唱了，所以我第一次听到时感到很特别。

那特别的感觉也证实了一个十五岁少年的心理感应的准确性。

果然，没过几天，我就被学校领导在大会上不点名批评了。校领导说：现在有极个别同学与社会上不三不四的人混在一起，光天化日之下唱黄色歌曲，肮脏低俗，什么心爱的人啊，乌七八糟……于是班主任老师就找我谈话了，他严肃愤懑地说，你是一个一向老实本分的好学生，不要再与社会上那些品质不好的人交往了，不然就把你毁了。老师还说，你只要再也不去，我保证不开除你。

我的头如五雷轰顶般炸了，一阵嗡嗡嘤嘤直响，浑身哆嗦着，眼里迅速流出了恐惧和无知的泪水。我始终没敢说一个字一句话。我惊惧着、迷茫着，有种心力交瘁之感。那是一个少年对自己前途悲哀、渺茫的惊惧。我心里想着，胡大哥是工人阶级的代表，那些青工也是工人阶级，他们是先锋、是榜样，但我没敢说，也不敢争辩。

我再也没去过那个职工集体宿舍。我想，那可能真的是“黄色”“肮脏”歌曲的老巢。后来，有一天夜晚我路过那里时，看到胡大哥他们依然在喧闹，澄明的夜灯下，那声音似划破荫翳的利剑，熠亮着，炫目着，直刺我发抖的心扉。

班主任老师的话兑现了，我果然没有出什么事。

即使这样，那次“黄色”歌曲的启蒙教育，那些缠绵、隐逸的优美曲调和令人慌乱、心跳的歌词，却深深地蛰伏在了我的心底。以后，每每听到它们，都恍如有刻骨的、凄迷的画面溢出，像溢流的浊水，满目苍凉，也恍如隔世。

我又拿出一张二十元人民币递给演奏者，请他们再奏一遍《喀秋莎》。他们表情木讷但十分遵命地演奏了这首充满苍凉意味的老歌。我觉得，在圣彼得堡的这片绿意森森的树林中，在这个女皇们争风吃醋的豪华寝宫旁，能悉心听一听多少对自己有着奇异意蕴的老歌，是对那流逝岁月的怀恋和阐释。

“她在歌唱心爱的人儿……爱情永远属于他……”

前几年，酒店、歌厅时兴卡拉 OK，吃者醉眼懵懂时会自选拿手的歌曲，每每点唱，别人都有新歌，而我，只会几首苏联老歌。有人烦了，说，你怎么老唱这几首？我说，我记不住新歌。

物是人非，那个曾经庞大的苏联已不复存在，我们却梦呓般怀恋着那些老歌。我们声嘶力竭又神清气爽地唱着，沉迷在那个如鲠在喉的苏联时代。这是一个悖论，也是一个实实在在的怪圈。

苏联那些豆芽状的音符、低沉又忧戚的曲调，极端地黏附在我的血液里，洇漫在我的肌理中，骨殖于我的钙质上，融合着，隽永着，秉持着一个不变的方向。今天，看着这些街头忧郁的俄罗斯老艺人，我的心战栗了。在俄罗斯，已经没有多少人再提及苏联了，他们炫耀彼得大帝、叶卡捷琳娜二世女皇，还会滔滔不绝地叙述宫中那些尔虞我诈的斗争细节，但，他们不说列宁，不说斯大林。在赫鲁晓夫墓前，他们也不说这位大人物的好话。

实际上，我们喜爱苏联老歌，是喜爱生长在我们自己心底的情感记忆。那些豆芽状的音符，只需稍稍抚慰，就会发芽，就会茁壮成长。它们对我们的影响是不可言喻的、细润无声的。

街头艺术家们又换歌了，居然是那首节奏明快、简约洗练的爱情歌曲《我心儿不能平静》——它出自一部叫《办公室的故事》的电影。三十年前，我是在初冬有些许寒意的露天球场看的。那天，我女友送给我一件手织毛背心，我感觉那歌曲黏附着温婉的情愫、洋溢着浓浓的暖意。

第二辑　絮语德意志

那个叫保罗·安德鲁的人

去柏林，可偏偏要在巴黎转机。

这次转机让我们在巴黎戴高乐机场滞留了四个小时。

戴高乐机场是世界著名的大机场。我们一行从北京起飞，经过近十二个小时的空中大跨越，途经蒙古高原、贝加尔湖洼地、广袤的西西伯利亚平原、乌拉尔山脉和俄罗斯大片大片的黑绿色森林，以及欧洲大陆熟透了的金黄色田野，也经过一小会儿又一小会儿蒙胧的眯盹儿之后，终于来到了巴黎。

巴黎有四个机场。戴高乐机场是1974年正式启用的，年旅客流量5000万人次。这是一座既美丽又大气的现代化机场，它的自动化程度很高，有序科学的人员分流系统十分完备。在最初进入候机厅的一刹那，我甚至被它通透的光线效果迷惑了。这是室外还是室内？在这个通透宽敞又秩序井然的大厅里，你或许真的会产生一种奇妙的敬意。

对于机场，我并不陌生。在国内，我到过不少机场，成都、乌鲁木齐，我的感觉是，它们总在不停地扩建，但总也没有实质性的改变，依然长相近似，楼宇四平八稳，人群又总是拥挤不堪。而戴高乐机场就有些不同，不光结构新颖，那宽敞的大厅也是几净明亮，走在这样的地面上，你甚至会为自己的皮鞋没有擦亮而后悔，也许还会不自然地用手指缕一缕头发，试图留给巴黎一种整洁文明的中国人形象。

设计戴高乐机场的是法国著名的设计师保罗·安德鲁。此人现在已是国际著名的设计大师了，但设计戴高乐机场时，他的名气远没有现在这么响。当戴高乐机场以新颖的姿容在巴黎郊区蓦然屹立时，还真让那些疑惑的人唏嘘了好一阵。当时的戴高乐机场分为 1 号、2 号航站楼。我们候机的 2 号航站楼又分为 A、B、C、D、E、F 六个区。去柏林是在 2F 候机。难怪这么复杂，刚下飞机时，我们跟着领队一路小跑，20 分钟过去了，居然还没有走到 2F 候机大楼，真是太大了。2E 候机大厅就有 450 米长，可以同时处理 17 架大型飞机的起飞和降落，年客流量达 1000 万人次。

当然，我对保罗·安德鲁有如此关注，不仅仅是因为戴高乐机场，还因为他对中国建筑的独特贡献。

保罗是幸运的，不到五年时间，他竟然接二连三地拿下了中国四个重大建筑的设计——中国国家大剧院、上海浦东国际机场、上海东方艺术中心和广州新体育馆。他的这一系列举动和投标的成功，让中国的众多设计师产生了前所未有的尴尬，同时又干瞪着眼睛不知所措。

上海浦东国际机场就坐落在浦东南汇滨海一带，航站候机大楼采用了大跨度的钢结构屋架，透明而空旷，机场宛若一只展翅欲飞的海鸥，象征着大上海航空业蓬勃腾飞。上海东方艺术中心建在浦东世纪广场旁边，犹如一朵巨大的蝴蝶兰在万绿丛中艳丽地开放着，它是上海投资兴建的又一个标志性建筑。看到它，就会使人联想到精美绝伦的油画和舒缓浪漫的无标题交响乐。广州新体育馆酷似一朵饱满的木棉花盛开在白云山畔，令人惊叹，令人垂涎。

中国国家大剧院的设计方案是在众多方案中精选出来的极品。这座矗立于人民大会堂西侧的“水晶蛋壳”，着实让中国人吃惊不小。影响颇大的国家大剧院招投标设计方案，在经过了数次数年的筛选之后，竟然凸现出了一个面容消瘦又留着黑白相间胡须的老外，这真是一件让许多中国人莫名其妙的事。好在当时改革开放已三十多年，中国人已经慢慢接受了许多奇怪的现象。这当然是先进理念的又一次胜利，但它确实也引起很大的争议。

中国国家大剧院建筑面积约16.5万平方米，总投资30亿元人民币，分别由歌剧院、音乐厅、戏剧场组成，观众总席位达到5600多个，同时还有4.6万平方米的地下停车场、3.5万平方米的人工湖水面。这显然是一个非常宏大的制作，不过这个制作远远不能说明它的独到之处。真正能代表它独具魅力的，我以为还是“水晶蛋壳”。

“水晶蛋壳”的奇异是无法形容的。它用最现代化的简洁和最形象的艺术语言证实了它的美貌和惊艳。

它让北京变得如此美丽、如此妖娆。

我想，“水晶蛋壳”标志着中国大型文化建筑与世界精品的一次接轨，它所具有的深邃而久远的历史内涵无疑远远超出了水晶蛋壳本身的分量。为此，在看到这个美妙的水晶蛋壳之后，我还突发奇想地杜撰了自己在2010年8月18日的经历：这一天，我以一个所谓文化人的身份出现在西长安街某个华灯下，我傻傻地努了努嘴，把节目票从左裤兜摸出，看了看，又塞进右裤兜，然后煞有介事地走进映着盈盈绿水的水晶蛋壳。我知道，我将要欣赏的是由斯图加特芭蕾舞团演出的柴可夫斯基的《天鹅湖》，或者是由柏林爱乐乐团演奏的贝多芬专场音乐会，曲目肯定有《田园交响曲》《春天奏鸣曲》《月光奏鸣曲》。

我为自己有这样一个生硬的白日梦而激动不已。

幻想毕竟有些遥远，我也许需要整理一下自己天真烂漫的心了，我又想。于是，我无所事事地翻阅起戴高乐机场2F候机楼的免费报刊。那是一份印刷精美的德国欧洲国际展览公司的资料介绍，我很惊讶。法国机场怎么会有德国的汉文资料？我觉得这很有意思。我看到，我即将去的德国，是一个西北面被北海与波罗的海包围、南部耸立着阿尔卑斯山的联邦制国家。它既是欧盟成员，又是北约成员国。那复杂又模糊的日耳曼民族谜一样纷乱的概念，让我感觉德国冰凉得就像一块生铁，怎么也勾不起对它的好感。虽然我知道这是我骨子里的偏见。

就这样翻阅着资料，我居然昏昏沉沉地睡着了。从北京到巴黎近十二个小时的时间里，我醒一阵儿睡一阵儿，搞不清到底是醒着还是睡着，可在这个机场大厅怎么就睡着了，这又意味着什么呢？

戴高乐机场大厅内建了一种特别的休息场所——吸烟室。吸烟人员可以去那个设计奇特的地方过烟瘾。这个吸烟区就像一个露天地下隐蔽所，有座椅、有茶几，当然还有大烟灰箱，大约可以容纳 20 人。我想，在这个 2F 候机楼里可能有两三个这样的吸烟区吧。在我下去观察时，正巧看到两位穿牛仔裤的金发女子在吸烟，还有一位肤色黝黑的男人在喝可乐。我惊异，这么多候机者，却没有几个人吸烟！

在我们离开戴高乐机场六个月之后，它出事了。

媒体说，戴高乐机场 2E 候机楼发生了屋顶坍塌事件，坍塌过程仅几秒钟时间，座椅上的旅客根本来不及反应，就被埋在了废墟里。坍塌造成 4 人死亡，其中有 2 人是中国公民。

这起事件让人不寒而栗，也让安德鲁和喜爱安德鲁设计的人惊出了一身冷汗，更让当初反对安德鲁的人找到了指责他的依据。

无论安德鲁如何辩解，也无论戴高乐机场是不是豆腐渣工程，这个劫难恐怕是很难逃脱了。

后来，安德鲁面容憔悴地在媒体上说：设计这个候机厅就是要旅客更加舒服，我不想否认已经发生的事情，但我不认为候机厅的设计有错误。

再后来，从浮在水面上的巨蛋，到腾飞的海鸥，再到美丽的蝴蝶兰，还有南国白云山畔的木棉花，都被一种异常紧张的气氛所笼罩。

好在中国人给了安德鲁以强硬而美好的安慰，也让关注这事件的人长长吁了一口气。在经过认真论证和检测后，中国官员们说：我们对保罗·安德鲁有信心！

清瘦的安德鲁眼眶里有些湿润，他说：我感谢中国的信任！

任何一个违反传统规则的全新事物，无论是建筑、艺术还是文学，抑或是理念，都会潜藏不稳定感和不安全感。这种历史轨迹和历史事实，长留于人类发展的各个时期和各个角落，为它而用生命做抵押或做代价的人更是成千上万，他们中有成功者，更有失败者。

面对这些看似完美无缺的全新建筑，不论你如何沾沾自喜，你都必须有承受压力和承载时间考验的勇气与能力。

我衷心地祝福中国的水晶蛋壳与腾飞的海鸥、盛开的鲜花们平静而安详。

干杯，葡萄酒

从戴高乐机场换乘的是德国航空公司的小飞机，比法航的波音777小了许多。夜幕已完全降落了下来。我们几个中国人分别被或是魁梧高大的或是肥硕敦实的白种人分隔在各自的座位上。

我在靠窗的第二个位置坐了下来。两个高大的穿西服的德国人，一边一个把我夹在了中间。一个似白面书生，表情严肃；另一个脸色泛红，沉郁而冷漠，让我心跳有点加快。

他们嘟嘟呜呜地说着话，并不介意我这个中间人的存在。我于是闭上了眼睛。

迷迷糊糊中，我被人轻轻捣了一下胳膊。我怔了一下，睁开眼睛，看到那个肤色微红的家伙正对我讲着听不懂的德语，然后指着身材窈窕的德国空姐。空姐也对我说了一句德语。我摇摇头表示不懂，但看见空姐推着的一堆饮料，我明白了，用手指了指矿泉水。

空姐笑笑，给我倒了一杯矿泉水。

红脸德国人与白面书生每人要了一瓶红葡萄酒，让空姐打开，然后就自斟自饮地喝了起来。他们喝酒的神态显得很绅士。

看着红脸德国人，我蓦地感觉有些眼熟。

熟，自然是不可能的，我从未这么近距离地与一个外国人接触过，我想。

但，我依然觉得很眼熟。于是冥思苦想起来。

终于在我记忆的深处，他隐隐约约地显现出来，就像显影液中缓缓清晰的照片。

他酷似几年前看过的史蒂文·斯皮尔伯格执导的电影《辛德勒的名单》中那个阴森、残忍的德军党卫军军官戈特。唯一不同的是，这个人脸色泛红，而电影是黑白片。

纳粹军官，我忽发奇想。我为自己有这个奇怪的记忆而吃惊。

那是一部基调阴郁的影片。那些血腥屠杀的场面，让你觉得历史悲凉得不堪回首。影片中“二战”时期那个波兰叫克拉科夫的废墟城市，那个后来名气异常响亮的奥斯维辛集中营，都没法抹去那触目惊心的恐怖记忆。

他真是那个党卫军戈特的翻版吗？我在心里嘀咕着。

红脸德国人居然微笑着喝葡萄酒，居然与小白脸侃侃而谈，居然有一股缥缈的君子风度。他现在肯定不知道我内心深处的痛楚。当然，这也许是我的一个虚拟的思维，它可能来自我对德国多年来的排斥心理。德国毕竟是一个给我留下太多污秽的历史场景的国家。联想第二次世界大战带给人类的死亡和灾难，电影《辛德勒的名单》恐怕是最有力的证明了。我记得德国前总统罗曼·赫尔佐克也说：这部电影让德国感到震惊，也让世界感到震惊。

我甚至还清晰地记得，在那个黑白基调组成的电影里，有一个特殊的镜头：在人头攒动的灰蒙蒙的人群中，有一个红衣小女孩在天真烂漫地行走。那是迄今为止我所看到的最令我心颤又最凄美的电影画面。

红脸德国人滔滔不绝地与白面书生交谈着，偶尔用嘴对着纸杯抿一口酒。我有些不耐烦起来——他居然忽略我的存在！我的内心涌起一种敌对的情绪。

于是，我故意向前倾斜了一下身体，然后用胳膊肘支撑在小桌板上，有意挡住两个德国人的视线。接着，我一口气喝完杯中的矿泉水，再把空杯用夸张的动作放在小桌板上。

红脸德国人似乎觉察出了我的不满，歉意地对我笑了笑，又咕噜噜地说了一句话。

我于是回敬他一个皮笑肉不笑。

他拿起酒瓶，做了一个优雅的欲往我的纸杯里倒酒的动作，这让我很意外，也有些措手不及。我不知道该推辞，还是该让他往杯里倒酒。

短暂的犹豫之后，我拿起纸杯，请这位德国人往纸杯里倒酒。

随后，我主动与他们两人分别文明地碰了一下酒杯，然后一饮而尽。

他们俩愣了一阵，似乎很惊愕地看着我。

我示意他们喝了。

他们于是一口一口地分数次将杯中的酒喝完了。

我笑了笑。

红脸德国人也笑了笑，举着杯子说：巴黎。

我也回敬说：巴黎。

是的，巴黎葡萄酒。我似乎有点听懂了。我们喝的确实是巴黎葡萄酒，因为那酒瓶上有“PARIS”的字样。味道很不错。

据说，法国葡萄酒产量占世界葡萄酒总产量的六分之一。最著名的有两大生产区：波尔多的酒浓郁、醇厚；勃艮第的酒柔和、细腻。

我不知道我们喝的是什么品牌的酒，但可以肯定它既不是波尔多的，也不是勃艮第的。醇美的波尔多红葡萄酒和微妙的勃艮第红葡萄酒都有它们自己特别的包装要求，至少这个红颜色小瓶既不是长身短颈瓶，也不是细长斜颈瓶。不过，这只是我对法国酒肤浅的猜测。

巴黎红葡萄酒虽然没有波尔多和勃艮第的名气，没有那种经纬度的山地、阳光的抚慰与沐浴，但也许它有巴黎的独到之处，更有巴黎的包容力量，或许还网罗了波尔多与勃艮第的精湛技艺？这样一想，我反倒觉得这种葡萄酒更有味道了，不然，德国人怎么会极力推崇呢？还有，柏林航空公司为什么会选择巴黎的品牌？

酒文化是中国人创造的一种特有文化。中国人喝酒讲豪放，讲喝出水平、喝出友谊、喝出感情，讲多喝、喝翻、醉酒论英雄，醉酒也为别人醉；而欧洲人喝酒往往是只注重过程，只喝感觉，不喝感情，只管自己喝酒，只为自己的情绪喝，不管别人喝多喝少，不劝酒，主随客便，你想怎么喝就怎么喝。

这两个德国人就是如此，他们喝酒始终只管自己自斟自饮，不管别人怎么喝。当我一口气闷完一杯酒后，他们的表情十分异样和搞笑。

由于我的督促，他们才一小口一小口地喝完了，颇像初学喝酒的人。

空姐又推着小车过来了。我主动而大方地要了两瓶红葡萄酒。而两个德国人也出乎我预料地每人又要了一瓶红葡萄酒。

于是，我们三人之间因为酒形成了一种融洽的氛围。

我给他们俩倒酒，并让他们一口干掉，他们十分遵命，虽然不习惯，还是仰起脖干了。

哦，这是两个酒量很大但酒风温和的德国人，与我最初的想象差别较大，我想。

于是，我进一步观察起来。红脸德国人起初沉郁冷漠的外表不见了，看起来显得十分憨厚，而白面书生就更不用说了，就像个未成年的孩子。

他们的仪态举止似乎还透着一种文雅的绅士风度。

他们挺可爱的，我想。

于是，我又向空姐要了一瓶红葡萄酒，打开后，分别给二人斟满，将剩余的全部倒给自己，然后有些醉眼蒙眬地说：干杯！干杯！

飘忽的马克思之魂

理想是一个遥不可及的梦。它组装着纯洁多情的心灵，也组装着你为它赴汤蹈火的实践。多年来，我一直为自己是一个有理想的人而庆幸。

这个理想在我呱呱坠地后就不容选择地一直萦绕在我耳边，它给了我分析和判断事物的基本路径。我像温室里的花朵一样，在它的光环的精心呵护下茁壮成长。我为这个理想的存在激动不已，更为这个理想就是我的追求而自豪。

我来到了德国。我内心深处滚涌着一种亢奋，它像汹涌的波涛一样翻滚着。虽然我表面上很平静，但这种亢奋其实从确定我要去德国考察时就隐隐地开始腾跃了。

这就是马克思故乡所传导给我的最初信息。我的亢奋多半是由于我将要去追寻马克思的足迹而引发的焦灼不安。

清晨，我们一群来自遥远东方的中国人在柏林马克思、恩格斯广场上寻找着。

我们一行人都默默无语。

可能由于太早的缘故，广场上只有寥寥几个人。除了我们这些中国人在观看雕塑外，其他人大约都是过路的。

这是前东德修建的广场。深秋的阳光抚摸着金黄的树叶，散发着一种久违了的亲人般的温暖。几片稀疏的秋叶在殷红的光晕里，轻轻地柔软地在空中漂移着。

马克思、恩格斯全身铜像就坐落在广场中央。我不加选择地站在了马克思与恩格斯中间，感受着与伟人零距离接触的兴奋。我似乎坠入了一种崇高的氛围之中，那氛围里有一个真实的自己与伟人马克思肩并肩站在高山之巅俯瞰大地的画面。那崇山峻岭嵯峨多姿，那湍急的河流舒缓而奔放。

我知道我这是狂妄的假想。

作者在马克思、恩格斯雕像前

我激动的真正缘由，是在人生的初级阶段，7 岁至 12 岁期间，我就像一个学者似的，把这位大胡子伟人的经历搞得清清楚楚，以至于我的“臭名”居然是小范围小朋友圈中的“马克思通”。1965 年 5 月 5 日，我家从清代名城新疆伊犁将军府旧地惠远搬迁到精河县。我记住了那个特殊的日子，它在我幼小的心灵里埋下了伏笔。卡车在天山北坡一个有着密密松林的山坳里休整，那里叫二台。我在一幢铁皮屋顶的俄罗斯式建筑后面玩耍时，被一种叫蝎子草的植物给蜇了。多年以后，我依然记得自己号哭的样子。我被一个和蔼的中年人带进了他的铁皮房子，并涂上了一种特效药。这时，我看见墙上的日历是5月5日，上面还印着鲜红的大字“马克思诞辰日”。我瞬间就记住了这个神圣的日子。于是，马克思与我的搬家、与蝎子草就有了一种奇妙的因果关系。

许多年以后，我站在东、西德重新统一后的马克思、恩格斯广场上，除了颤动不已的心之外，还有一种淡淡的忧伤。

我曾经认真阅读马克思著作的时间是1973年和1974年。那时候，我正在发育，也正在寻找深刻的思想。我对马克思主编的《莱茵报》和《黑格尔法哲学批判导言》的文字崇拜得五体投地，甚至读《路易·波拿巴的雾月十八日》和《资本论》时，竟然挑出了108个词汇，天天去我生活的城镇里唯一的书店去买可能读懂那些词汇的新书，然而我始终没有买到所需要的书。我还能回忆起马克思与写过长诗《德国——一个冬天的童话》的诗人海涅的交往，似乎那是马克思与美丽的燕妮婚后不久在巴黎居住时的收获。那几年，马克思与恩格斯还写出了一部被燕妮称为渊博的著作，就是《德意志意识形态》。那时，我尤其不能理解的是，一代伟人马克思，居然会背诵海涅与歌德的许多诗章。多年以后，我似乎才真正品味出了其中的滋味。

马克思一生始终在一种动态的氛围里游荡。他的生活更是动荡不安的。他常说：要为人类工作。他说到了，也做到了。无论在柏林、巴黎、布鲁塞尔、科伦，还是在海牙、伦敦和卢森堡，那些曾经留下他足迹的图书馆、博物馆、宾馆，都会长久地记录着一个满脸胡须的智者的动人故事。

在柏林，前民主德国的遗迹似乎已经淡出了，只有距马克思、恩格斯广场不远处的柏林电视塔，还散射着昔日的辉煌。那电视塔高达356米，曾经是前东德的骄傲和象征，也是欧洲第二高塔。还有沿用至今的卡尔·马克思大道，依然是一条比较繁华的大街。虽然它不像两德统一后迅速崛起的波茨坦广场那样豪华和有气势，更没有波茨坦广场那样的珠光宝气，但在我的眼里，它总散发着一种亲和的气息，以至能穿透时空的阻隔，带我走进那些斑驳而亲切的记忆。

特里尔是所有关于马克思的记载都会涉及的地方，因为它是伟人马克思的出生地。从婴儿到牙牙学语，再到掌握德、意、英、法、俄等多种语言，马克思就在这里度过了他的童年和少年时代。

我对特里尔的兴趣都集中在了布吕肯街10号——马克思故居。

到达特里尔的时候，已是黄昏。夕阳红红的，洒在摩泽尔河宽阔的河面上，像是在举行盛大的欢迎仪式，橙红的浪波泛着星星点点的光泽，恰与不远处浓郁的中世纪古堡形成了一组耀眼而煌煌荧荧的风景。而微风轻轻抚过的金黄葡萄园，更似一片熟透了的红海，洋溢着一股股醉人的芳香。

我就在这种醉人的氛围里来到了特里尔。看着熟透了的风景，我想，这里还真像个红色发源地。

特里尔其实是欧洲一座古老的城市，它大约是阿尔卑斯山北部第一座可以称之为城市的地方。浩浩世界，不是所有的古城都能称为第一的。

黑门就是特里尔的历史。

这黑门曾经是古罗马帝国西部地区的首府——罗马城的北大门。冷兵器的刀光剑影和黑黢黢的狼烟，使它完全变成了一个漆黑的黑石建筑。1984年，喜爱聚会的特里尔人用他们特殊的方式，举行了特里尔建城2000周年的庆典。我想，他们也许喝着那种当地产的白葡萄酒或优质黑啤酒，吟诵着一支古老小调，在黑门前的广场上昼夜狂欢。

当然，生于1818年5月5日的卡尔·马克思，也许在烂漫的童年，经常会在这座黑石建筑前玩耍，也许还会在它的某个石块下与青梅竹马的燕妮私订终身，也许因为有了“黑门”的浮想联翩，才引发了后来那些震撼世界的马克思主义经典理论。

傍晚，我们被领队带着，匆匆从市中心沿着行人稀疏的街道步行，拐了几个弯后，来到一个三岔路口的弧形街面上。于是，我们看到了一幢淡黄色墙壁的三层楼房。那是一幢德意志莱茵河地区常见的典型建筑。据说，当年这里是布吕肯街664号，直到1947年特里尔市政府重新修葺时，才将这个门牌号定为布吕肯街10号。

这就是马克思的故居。

天色已昏昏沉沉地暗了下来。朦胧中，我看见紫色的大门紧闭着，旁边墙壁上悬挂着一个铜牌，大约写着参观时间，而铜牌上方有一个写着阿拉伯数字“10”的小牌。在大门右面，两个窗户中间还挂有一张刻有马克思浮雕像的金属牌，雕像下面有几行醒目的德文。领队说，那是马克思故居博物馆的意思。

我们都感到很遗憾。大汗淋漓地跑了好一阵，还是没能步入故居。

只好在大门口留张影，总算有伟人伴随我们，也还是快慰的。这时，我突然想起了自带的小手电筒，就抓住故居窗台上的手扶栏杆，向室内张望起来。

展室里陈列着许多珍贵的历史照片、书籍和手稿。那些照片大部分是马克思与夫人燕妮的。具有领袖气质的卡尔·马克思总是穿着笔挺的西服，系着19世纪盛行的领结，而燕妮则是一袭古典长裙，袒露着美丽的脖颈，完全是一副贵妇人的模样。其实，燕妮正是一个德意志贵族家庭阿盖尔公爵的后裔，她的哥哥曾经是普鲁士国王的内政大臣。然而，她还是执着地抛弃了富足的生活，跟随伟人马克思游走动荡了一生。那照片上，马克思表情坚毅、眼神深邃，而美丽的燕妮则显得温柔、热忱、充满自信。

马克思故居客厅摆放着老式的桌椅和高脚长沙发，木质显得很坚硬。那沙发的后墙上挂了一幅画。看到这幅画，我眼睛一亮。那是一张中国画，画的是马克思坐在沙发上与三个女儿交谈的情景。那浓重的笔墨，一看就是用毛笔勾勒渲染出来的，形象传神，氛围高雅，十分逼真地描绘出了一个伟人家庭的和睦与温馨。

我向领队证实：那是一幅中国画。

领队侃侃而谈：来这里参观的几乎都是中国人。

是的，中国人怀揣他们藏在心底多年的梦想，大多是到这里来虔诚朝拜和抚摸理想的。他们都像我一样，有着从小就建立起的神圣感和崇高感。那是一种无法比拟的纯真的情感。他们都会在这个伟人曾经留下过体温的地方，深情地吸气呼气，长久地思考，并与伟人的思想进行一种光荣的链接。

领队还说，那一本本肃穆的留言簿几乎都是中文留言，你完全有理由把它看作一个遥远国度里的中国故居。

马克思和燕妮曾经有多个孩子，而真正存活并成长起来的只有三个女儿。我曾读过燕妮的一篇回忆录《动荡的生活简记》，就叙述了他们在19世纪阴冷的欧洲四处奔走的艰难生活经历。

当我们一行在比利时布鲁塞尔白天鹅宾馆留影时，我脑海里就浮现出了燕妮说过的话：比利时的地平线也是一片昏暗……卡尔被释放了，我们就这样离开了布鲁塞尔，并且带着一张驱逐令。

那是1849年。马克思与燕妮在布鲁塞尔住了三年，就是在这三年当中，马克思和恩格斯在白天鹅宾馆写出了影响世界、撼动世界并留传至今的伟大经典著作《共产党宣言》。

我们离开特里尔的时候，天已经完全放亮。安谧的远山上飘着一层薄薄的霭气。我们静静地回望显得有些寂寞的小城镇，谁也没有说话。

围墙与大厦

德意志是一个在我心底留下许多缺憾的国家。这可能是由于“二战”留下过多的阴霾所致。任何来自德国的信息，似乎总会被一种令人厌恶的情绪所笼罩。于是，对于德国，我就不再有深层的关注，也缺乏应有的兴致。于是，德意志就永远停留在了卡尔·马克思、歌德的《浮士德》、巴赫或贝多芬小提琴曲、钢琴曲的谜环之中。再一深究，发现自己脑海里竟然还有一幅永远无法抹去的画面，那就是苏联电影《攻克柏林》和《解放》中那俯视纳粹总部国会大厦的场景。虽然那时我还在读中学，还无法理性而客观地去评判好坏、真假，但我确实清晰地记住了苏联红军站在国会大厦顶端欢呼雀跃的画面。

多年后，当我踏上德意志的土地，这个画面就自然而然地突兀了出来，像一座突兀的山脉，显得极为清晰。我于是琢磨着如何去目睹那座曾经被苏联人和美国人极度争抢又见证过一次次重大事件的国会大厦。

可我最先看到的是柏林墙。

它是一堵先前用来分割东部柏林和西部柏林的墙。因为纳粹的暴行，还因为冷战的思维，这座城市被当作西瓜一样分割开来。实际上，它变成了一座分割信息、分割观念和分割人群的墙。

当然，这也许是当时分割划界时没有办法的办法。但有一点可以肯定，它是因埋葬纳粹法西斯罪恶行径而起，却又因为划归成果转化成了利益分割纷争而变异。

这座墙在1989年一夜之间轰然倒塌了。它倒塌得那么突然、那么悲怆，又那么令人难以置信。

它是一座水泥和钢铁筑就的墙，一座试图让两边人民都安然无恙的墙。它不宽，也不十分高。它与我们常见的那种围墙没有什么两样。那么，它建设的初衷的目标是否达到了呢？

墙是历史的产物，但墙也可以没有。诸如，我们一家一户的院墙，为了防贼，为了安全而建，但随着现代城市的发展，不需要墙了，楼群远远替代了古老的墙的功能。

大约最早长城也是秦始皇阻隔外族入侵最好的武器，那个充满自信和想象力的始皇帝嬴政，做梦也不会想到，两千年之后，这座大围墙居然变成了人们参观游览的休闲圣地。但是，老实说，没有几个人能够读懂这座博大精深又充满沧桑的大围墙。

柏林墙只是一座划界的小墙。当然，这座墙也只能代表它的一个小小的时代。这个时代是历史的一个小产物。

我静静地观察着遗留下来供人们参观的柏林墙，它的内容还真是丰富多彩。

那些涂抹大多是艺术家表现他们心态的绘画。剪纸状的红太阳在闪着蓝光，张牙舞爪的几何状怪人在喧哗争吵，歪歪斜斜的花房子似幼童的布贴或积木，而更多的是奇形怪状的色块、色条在竞相争艳，还有那随意乱喷的字母符号，更使得这堵长长的围墙变成了巨大的展板。

我想，德国人留下这座围墙不拆除，肯定不仅仅是为了展示这些墙壁艺术家的涂鸦水平，他们肯定还想告诉人们更多的东西，那东西能穿过这座坚硬而又花里胡哨的围墙长久地留存下去。那也许就是：记住战争，为和平！

领队说，这堵墙在1990年之前是白色的。

终于在穿过绿冠成荫的菩提树下大街之后，我们来到了德国国会大厦门前的广场上。浓郁的大片深绿色的草坪，使广场显得开阔又凝重，冥冥中似乎还透着一种异样的挤压感。

无论如何，我得为这幢纪念物留下真实的照片。

或许是对当年苏联红军头戴钢盔践踏大厦的场面记忆深刻的缘故，或许是受到红军战士狂喜的感染，我始终对国会大厦有一种莫名的冲动。总之，在我蓦然看见这幢建筑时，我还是暗暗地吃了一惊。

这是一幢背景沉重的建筑，它勾引出我对一段历史的叩访。

那个由纳粹党自我导演的臭名昭著的国会纵火案，就发生在这幢老建筑里。有资料记载，那些纵火的特务就是从后来自杀了的纳粹战犯戈林官邸地下通道进入大厦的，并将罪名强加给了共产党。而那位也因此事声名远大的保加利亚共产党领袖季米特洛夫，在我很小时就因此事成为我敬仰的英雄。

在莱比锡昏暗的法庭上，季米特洛夫有力的陈述始终似明灯一般萦绕在我幼小的灵魂深处，以至多年之后，我还能记住英雄那魁伟的身影、犀利的目光和被宣判无罪时的坦然。

国会纵火案留给我们的是什么呢？我喃喃地自语着。仰望着大厦上那冰凉的石柱，任凭21世纪德意志秋日里温润的阳光的抚摸，我似乎感受到了那种复杂而又渐渐清晰的心绪。

我静静地收回目光，审视起安静地徜徉的日耳曼民众的面容，以及排着长队期待到大厦参观的老外们饥渴的神情，似乎又悟出了什么。

时间总能公正地以救世主的身份释然历史。希特勒凭着他的伶牙俐齿登上了德国历史舞台，又通过纵火案实现了独裁统治，但也是从这里开始，希特勒将自己一步步地逼向了死亡的深渊。这个狂野的纳粹党魁后来还是精神崩溃了，终于偕情妇爱娃自杀于他的地下室。

柏林墙与国会大厦虽然坚硬，虽然隐藏着许多秘密，虽然曾经壁垒森严，虽然极忠实地履行过守护的职责，但它们终究是小墙，终究是墙与墙组合出的细碎的阻隔符号，它们永远无法阻隔穿透万物的思想，无法阻隔正义，更无法阻隔时间行进的脉络。

柏林墙被拆除了，因为它承建的初衷就蕴含了将要被拆除的不良阴影。国会大厦就幸运多了，它灰色的墙面显得彬彬有礼又沉稳大方，它华丽的石柱显得既粗砾敦实又严谨肃穆，完全像一件可以收藏的艺术品。当然，它后来改建的透明的圆形穹顶更是吸引了世界各地人们好奇的目光，人们也许企图从这里看到德意志民族文明的新内容。

站在这个圆形穹顶的走道上，你可以俯视到德国议会议员们开会的场景，并且绝对真实。

拐弯，去斯图加特看奔驰

行程安排里并没有斯图加特，但我们一行常常会谈论德国汽车，尤其在说起满街跑的各种品牌轿车时，甚至有人说得唾沫星子四溅。

我自然也是感慨颇多。我的感受：一是德国人或西欧人大都收入较高，随便一个擦肩而过的人，可能就是百万富翁，但他（她）们的轿车却档次一般，大约就像国内常见的两厢车。不过，他（她）们依然显得很自信。我非常欣赏他(她)们。欧洲人不像有些中国人那么虚荣，有的人会倾其所有的积蓄去炫耀地买一辆高档车为自己装门面，裤兜里可能已经分文不存。二是德国有很多城市，出租车是清一色的奔驰或宝马，这又让我们一阵唏嘘。在中国，20 世纪 90 年代初只有红夏利，后来各城市都提高了市场准入标准，更换了桑塔纳、捷达或奇瑞，但看到高档轿车跑“的士”恐怕还是稀奇事。

领队在大家的谈兴中嗅出了个中味道，说，我可以安排你们拐个弯顺路去斯图加特，那里有奔驰总部，去不去？

我们异口同声：去！

斯图加特是巴登－符腾堡州首府。这里人口虽然不多，却是德国经济最发达的地区之一。在去斯图加特之前，我对它的了解仅限于一支足球队，成绩似乎并不太好，但曾经获得过德甲冠军。而当我真正深入探究时，不禁倒抽了一口冷气，露出了愕然的神情。

斯图加特，这个当年被近代地理学创始人亚历山大·冯洪堡赞叹不已的美丽山谷凹地，年地区生产总值竟曾达3500多亿欧元，这太让人难以置信了。老实说，当我首次听到这个数字时，我以为是自己听错了。后来，我一次又一次地抱着怀疑的心态去核实，但我是徒劳的，我终于相信了这个事实。

更令我敬慕的是巴符州的艺术氛围，这里竟然有近千家博物馆。漫步在那样一种琳琅满目的博物馆的海洋里，人们可以无拘无束又有选择地观赏自己喜爱的艺术，那是一种怎样的温馨啊？！

是真的吗？我进一步向领队确认。

严谨的德国人是不会夸大其词的，不然，德国就不会诞生那么多的哲学家和思想家了。领队说着，语气中流露出一丝傲慢，这让我稍稍有些厌烦。

德国的确出过一批哲学家、思想家。这是一个奇怪的现象，它是不是与德国人的严谨有关，我无从考证，但这种现象让人深思。莱辛、康德、马克思、恩格斯、歌德、海涅、席勒、黑格尔、尼采、韦伯、卡西尔等，都是影响过世界的重量级人物。

斯图加特也不例外，著名诗人席勒和著名哲学家黑格尔就出自这里。席勒最初在斯图加特当军医并发表了剧本《强盗》，而发表于1784年的剧本《阴谋与爱情》，通过宰相儿子与穷音乐师女儿恋爱的悲剧故事，揭示了更为深刻的现实矛盾，思想性极强，受到了恩格斯的称赞。我在十多年前读过他的另一类著作《论悲剧艺术》和《美育书简》，并为他的美学教育观点所震慑所感动。而哲学家黑格尔，似乎名气就更盛一些，他所构建的哲学体系、逻辑学体系、历史学体系已成为一百多年来唯心主义哲学的强大支柱。他的哲学警句、名言，甚至被许多后人推崇为座右铭。我对黑格尔的认识，还是来自马克思和恩格斯的著作。在早年读马克思、恩格斯著作时，总会有一个叫黑格尔的古典唯心主义哲学家在眼眶周围晃动。我终于记住了一个事实：黑格尔的哲学思想是马克思主义哲学的理论来源之一。后来，当我偶然翻阅黑格尔诸多的讲演录时，居然发现黑格尔的理论甚至来自对中国古代社会的研究。

我对黑格尔的一句话很感兴趣。我以为，它可能在骨子里反映了德国人那普通的外表里深藏不露的本质。黑格尔说：只有在日耳曼民族，哲学才被当作特殊的财产保持着。我想，黑格尔有点狂妄，但他也说出了一种自强不息的精神，我们如果能够从中得到一些启示，是不是会对中国的发展有益呢？

斯图加特的融合力与开拓力也是令我震惊的。据说，这样一个移民占百分之二十的中等城市，杂志出版量居然占到全德国杂志出版量的三分之一，图书占四分之一，同时它还有享誉世界的芭蕾舞团、国际巴赫学会和德国文学档案馆、新国家美术馆，甚至举办著名的欧洲音乐节。

斯图加特市立图书馆

我终于把目光回落在了国际著名品牌——奔驰之星上。

戴姆勒——奔驰集团的品牌在全德品牌 50 强中名列第一，一度价值 334 亿欧元，比排名第二的大众汽车公司高出近一倍。德国五大汽车品牌分别是奔驰、大众、宝马、奥迪和保时捷。

在柏林的奔驰城，我曾目睹戴姆勒——奔驰的风采。那就是波茨坦广场的兴建工程。这个由奔驰集团重点投资兴建的城市娱乐中心，在数年间，曾一度变成欧洲最大的建筑工地，进而又摇身一变成了既豪华又繁华的珠光宝气的现代城。一年一度的柏林国际电影节就在这个充满奢华的波茨坦广场举行。

柏林国际电影节曾捧出了中国的张艺谋、巩俐和章子怡。1988 年，由莫言小说改编、张艺谋执导的电影《红高粱》一举获得了柏林国际电影节金熊奖。那次获奖打出了中国电影的威名。在 2000 年第 50 届柏林国际电影节上，纯真浪漫又唯美的爱情故事《我的父亲母亲》获得了银熊奖。领奖过程中有一个精彩的细节让人难忘，就是由张艺谋扶持起来的著名影星巩俐以电影节评委会主席的身份向导演张艺谋颁奖。张艺谋于是自嘲地说：由巩俐宣布我得奖，我觉得最富有戏剧性。

乘车来到斯图加特的梅赛德斯大街，在戴姆勒－克莱斯勒工厂大门前，我们换乘了奔驰公司免费提供的大班车，在拐了两个弯后，就来到了著名的梅赛德斯－奔驰博物馆。

这是一幢三层高的大楼。通透的落地门窗和通透的展厅，显示了奔驰的经济实力，也显示出奔驰高雅的艺术品位。

奔驰博物馆

它展出的是 130 多年的汽车发展史。从 1886 年世界第一批汽车开始，奔驰与戴姆勒就与汽车有了一种难以割舍的情结。那种酷似黄包车的老式机动车，那种曾在 1894 年巴黎世界首届赛车中夺冠的戴姆勒赛车，那种 20 世纪 30 年代生产的豪华跑车，以及最先生产的柴油轿车 260D、W25 银箭赛车和“二战”前销量最大的梅赛德斯－奔驰 170V，都展示了奔驰作为一个超级国际大企业的创造力和无穷魅力。

我们在现代化的录音导游系统——手提听筒的服务下，方便、准确、快捷地观赏着每个细节。那听筒可以随意选择德语、英语、法语、西班牙语和汉语，甚至还能重复回放、跳跃式抽取精彩的章节。曾经令车迷们倾倒的翼形门经典轿车 300SL，以它特有的可以展翅翱翔的双翼，给我留下极深的印象；而罗马教皇保罗二世曾乘坐的奔驰 600，以极尽的豪华和大气，让人流连忘返；还有世界第一款有安全防护车身的 230SL 安全跑车和联邦德国第一任总理阿登纳的公务轿车，也让参观者愕然和心动。

汽车的发明给人类带来了摧枯拉朽的进步，也引发了人类探求科学奥秘的激情。一百多年的汽车发展岁月，虽然并不怎么漫长，却跨越了人类数千年行走的路程。它博大、精深、无与伦比。它像一把美妙又万能的钥匙，不断开启着人们对未来的想象之门；它又像一条叮咚作响的小溪，不断传导给人们清新的快慰和希冀。

站在世界第一辆现代汽车——1901 年生产的 35 马力梅赛德斯汽车旁，我想到的是：汽车究竟带给人类什么？而当我终于看完车展又站在展厅最低层最新款的奔驰 SL600 车旁时，我仿佛悟出了其中的奥秘。我想，从卡尔·本茨和戈特利布·戴姆勒研发的首辆汽车开始，人们就与汽车同生死共缠绵，建立起了一种亲密爱人般的无间的关系，这种关系如同缸体与活塞，契合得恰到好处，磨合得光滑而细腻，从而释放出一种裂变的力量，使得人类与汽车如比翼的鸟儿一样一起腾飞。

我还想，人类在汽车的引领下，不仅战胜了蛮荒和粗俗，更战胜了狂妄和自满。汽车让人类变得愈发智慧，也愈发美丽了。

在奔驰总厂温特土尔开姆厂区的大门处，我看见两个在该厂打工的中国留学生，听口音好像是江浙一带人，一问，果然是温州的。于是，

奔驰博物馆内奔驰展品

就有人问起他们的生活状况。他们说，留学打工是一件辛苦的事，光靠家里资助毕竟不好意思。在斯图加特，有许多中国留学生边学习边打工。工厂普遍按小时算工钱，每小时可以拿到8欧元左右。他们俩运气好，被奔驰这样的著名企业录用，待遇相当不错，每个月连加班费可得到2800欧元的收入。如果在其他企业，可能就不行了，包括名气挺大的保时捷。

望着两个留学生远去的背影，我不禁升起一股浓浓的敬意和淡淡的苦涩。我真希望他们学成后回到祖国一展才华，当然包括在奔驰学来的技术和经验。打工总是会被歧视的，听说在斯图加特就有一位中国留学生因与外国人发生争执而客死他乡。

我知道，在奔驰研发技术的影响下，中华民族不会满足于无休无止地观看，更不会满足于啧啧的羡慕，肯定会有中国人自己的品牌碾压在欧罗巴灰褐色的土地上。

走过慕尼黑

这一天是欧洲夏令时结束，领队很兴奋地宣布，我们已多得到一个小时的时间，请把手表从中午 13 点调回到 12 点，有了这一个小时的时间，我们可以去德国第三大城市慕尼黑喝啤酒了。

慕尼黑是一个名声显赫的城市。这名声多半连接着冷酷、铁蹄之类的阴森字眼。在我对它的历史还不十分清楚时，就隐约知道它是纳粹的发源地，也是希特勒狼子野心最初发迹的地方。它有一个可悲的名声——慕尼黑阴谋。那是一个令人隐隐作痛的事件，猛然听见会使你吓出一身冷汗。但事实如此，谁也抹杀不了那段历史。

1938 年 9 月 29 日，英国首相张伯伦、法国总理达拉第与德国的希特勒、意大利的墨索里尼在慕尼黑召开了四国首脑会议，并签订了出卖捷克的《慕尼黑协定》。那其实是英、法两国政府一次极不光彩的演出，它们为了本国的安全，搞了一种妥协的绥靖政策，企图以牺牲捷克的苏台德区来满足希特勒的要求。然而，结果恰恰相反，它更助长了法西斯的嚣张气焰，给整个欧洲乃至世界留下了更为深重的灾难和痛苦。于是，慕尼黑就长久地被阴霾笼罩着，似乎总也看不到晴朗的天空。这种阴霾也造成了我对它的不可名状的反感。

慕尼黑还有一个名声，就是举办过 1972 年夏季奥运会。那次奥运会使慕尼黑毁誉参半，因为它发生了 11 名以色列运动员被残忍枪杀的恶性事件。

虽然慕尼黑有一支驰名欧洲又威震世界的拜仁慕尼黑足球队，虽然慕尼黑还有一个名扬五大洲的慕尼黑啤酒节，并且逐渐掩盖了那些不良的灰色经历，但它或多或少还是给许多人留下了一些痛彻心扉的记忆。

我就在这样一种灰色的情绪中来到了慕尼黑。

当我真的与慕尼黑零距离接触时，我背负着的那些沉重的荫翳似乎又消失了。这让我大大地吃了一惊。

慕尼黑像一抹秋日的暖阳，温热了我胸中郁积的冰凉；慕尼黑又像一尊鲜亮的艺术雕像，照亮了我迷蒙的心。

最先感受到的还是足球。

慕尼黑奥林匹克体育场正在进行一场喊声震天的足球比赛，是德甲本赛季第十轮比赛，拜仁慕尼黑主场与凯泽斯劳滕踢球。我们一行都被足球场传出的惊天动地的喊叫声感染了，一定要先到体育场一睹风采。领队说，不行的，当地球迷会闹事的，太不安全。我们一再表示，不进球场，只在门外看看就行。

这个奥林匹克中心是 1972 年奥运会的产物，是一座颇有气魄又独特的建筑。从远处看去，它颇像一组巨大的帐篷城，在深秋的阳光里闪着熠熠的光芒。而从另一个角度望去，它又宛若一座硕大的白帆船，静静地停泊着。那高耸的塔柱颇像巨型桅杆傲然挺立着。这就是著名的高达 290 米的奥林匹克塔，领队说。

沿着这艘大帆船向远处眺望，能依稀辨认出覆盖着皑皑白雪的起伏群山。那就是阿尔卑斯山，领队又说。

我们来到奥林匹克体育场门口，它的四周用很多粗壮的钢柱支架斜拉着，显得简洁干练又稳定性极好。这的确是个庞然大物。据说，这里有七万多个座位。我们开始在大门口和周围自然生长的大片绿地、树林里拍照。这时，有不少球迷兴奋得交谈着陆续离开体育场，他们或手里拿着小旗子，或穿着自己崇拜的球队的服饰，显然还沉浸在球赛的气氛之中。我们这帮照相的人似乎根本就没有引起他们的注意。

体育场内依然是震耳欲聋的声音，那声音如排山倒海的波涛，时而被整齐的歌声淹没，时而又被另一种纷乱的喊叫声笼盖。那阵势，完全超过了以往在电视里观看欧洲足球比赛时留下的印象。这种潮涌的现场氛围，可以感染任何一个对足球运动有偏见或无动于衷的人，它会牵引你走进那充满魅力的足球世界。

领队用熟练的德语向离开体育场的人们打听比赛情况。那些脚步匆匆的人边走边回答：拜仁慕尼黑已经 3∶0 把凯泽斯劳滕远远抛在身后了。

这与我希望的结果完全一致。于是，我拦住两个脸上涂有油彩的球迷，示意一起合张影，球迷爽快地答应了，并转身用德语咕嘟嘟地又叫来两个美貌的金发少女。于是，我站在两个女孩中间，手扶她们的肩膀，照了一张背景为体育场的纪念照。我知道，这照片我永远没法寄给他们，只能被我独吞了。在这里，我向他们表示歉意。

拜仁慕尼黑是欧洲一支足球劲旅，也是世界足球俱乐部一支佼佼者。这支球队不仅让慕尼黑名声大振，也给德国足球赢得了声誉。

拜仁慕尼黑足球俱乐部成立于 1900 年 2 月 27 日，曾数十次获得德国甲级联赛冠军、德国足协杯冠军、德国联赛杯冠军、欧洲杯冠军。

俱乐部主席是世界著名球星弗朗茨·贝肯鲍尔。这支球队除了贝肯鲍尔以外，还曾经拥有马特乌斯、盖德·穆勒、鲁梅尼格、鲁斯、沃赫尔法斯等一批世界级著名球星。

在足球领域，像拜仁慕尼黑这样拥有豪华背景和绚丽成就的球队恐怕很难找到了。当今世界，漂泊在球迷脑际的重大赛事，除了世界杯、欧洲杯，可能就是德国甲级联赛、英国超级联赛和意大利甲级联赛了。在德甲这个看点丰富的赛事中，观赏拜仁慕尼黑的确是一桩美事。

离开绿草茵茵的奥林匹克公园，我们没有坐车，就徒步前往临近的宝马汽车公司总部。

公路两边的人行道上密密匝匝地停放着许多小轿车。它们像蜗牛一样挤满了所有的空间，连我们行人都只能绕着圈摸索着前行。我们看到那些车中，除了大量宝马、大众、奥迪之外，还有奔驰、保时捷、法拉利和日本本田。

领队眼疾手快地指着每辆汽车前玻璃刮雨器上夹着的纸条说：你们猜猜那是什么？

我以中国人的思维习惯很快猜到是什么，于是抢先回答：是广告，非法推销产品广告。

领队笑着说：不对，绝不是广告。说着，他走过去取下一张纸让我们看。

我不懂德文，有些尴尬。

领队说：是罚款单。

我们都惊奇地围上去观看，印刷精美的罚款单上，能看出金额是25欧元。

我想，慕尼黑很有意思，罚款单只要夹在车上就是送达了，车主要自觉去指定地点交罚款。我看到被罚的车不下二三百辆。

说着，我们看见前方不远处有一辆警察的拖车，正在拖一辆小轿车。

我们恍然大悟，因为足球赛，停车场早已停满，于是球迷们就乱摆乱放，于是他们就违反了交通法规。

很快，我们来到了酷似汽车发动机四个汽缸组成的一座22层的银灰色大厦——宝马总部大楼。

这座巍峨又鹤立鸡群的大厦顶端，赫然矗立着硕大的蓝白相间的宝马圆形徽标——BMW。从这独特的标志性建筑上，我们仿佛能感受到宝马公司的潜在能量，说起来，它更像一尊精雕细镂的耐人寻味的艺术雕塑，一点没有商贾与老板们竞相争霸的铜臭气。

宝马汽车博物馆就设在大厦旁边的圆形建筑内，展厅面积并不大，但装饰十分考究和豪华，很有名门望族的豪门气魄。在环形螺旋式的展览通道里，展示着宝马各个时期的经典轿车、摩托车、老爷车、跑车和宝马飞机发动机。你可以随旋转的步道乘电梯或徒步攀登而上，尽情观赏宝马的新奇和精彩。

作者在宝马汽车博物馆前

宝马的真正卖点是：它拥有世界上最精湛的发动机技术，它的飞机发动机曾经是德国空军的最亮点。不然，宝马车徽也不会以蓝白相间的图案来显示它的神威。那蓝色象征着蓝天，白色象征着不停转动着的螺旋桨。这大约也是宝马在航空发动机领域的炫示。试想，把飞机大功率发动机安装在很艺术化的小轿车上，那是一种什么样的光彩？

我骑上一辆曾经获得过世界摩托车大赛冠军

的宝马 100LT 摩托车，虽然这坐骑感觉很舒适，造型也至善至美，但我的表情还是有些生硬。在我手握双把的一瞬间，我想到的是某年某月某一天，我能骑上这样一辆国产顶级摩托车，获奖的汉子可以不是我，他只要是中国人。

宝马的确是一个中国人十分喜欢的豪华车品牌，虽然中国人并不十分有钱，但这确实是一个奇怪的现象。我的一个中学同学，居然花了六十多万元人民币，买了一辆白色宝马 525i。他不无自豪地说：宝马动力性能好，安全性高，怎么欣赏都是一匹艺术品位极佳的唯我独尊的白色骏马。

我们来到慕尼黑市中心文化街。这里有一座与六层楼房齐高的白色雕塑人在做着大步行走的姿态，宛如一个巨人在城市间自由自在地行走。悠忽之间，我像被什么刺激了似的，感到一阵亢奋。哦，原来雕塑也可以这样做的。在国内，我见过无数的城市雕塑，它们不是在某个大十字路转盘中间，就是在某个广场的开阔地上。它们都有着高大威严的基座，于是人们对雕像就近而远之了。慕尼黑这尊偶得的雕像倩影，让我亲近而又终生难忘。

这就是慕尼黑的与众不同。

慕尼黑是巴伐利亚州的首府，也是欧洲历史悠久的地区之一，建城已有八百多年。今天，它既是一座风韵典雅的艺术中心，又是一座经济发达的现代名城。它古典、高雅、不苟言笑；它又风流倜傥、时尚、欢闹。它有众多的哥特式、罗马式和巴洛克式古建筑城堡，如圣玛丽教堂、施莱斯海姆城堡、纽芬堡，甚至不远处的新天鹅城堡，都散发着中世纪的逍遥之气；它又有众多的博物馆、陈列馆，如德意志博物馆、雕刻陈列馆、阿尔卑斯博物馆、慕尼黑美术馆和藏书六百万册的全欧洲最大的拜因图书馆，以及世界十大交响乐团之一的慕尼黑交响乐团、巴伐利亚广播交响乐团等，它们就像华丽的洛可可服饰一样，闪烁着不朽的光焰。

在慕尼黑，你随时能看到拉斐尔、提香、鲁本斯、毕加索的画作，又能听见贝多芬、舒伯特、布鲁克纳、马勒、莫扎特的音乐。当然，啤酒之都的美名就更炫目了。它不仅有世界最大的啤酒屋、啤酒馆、啤酒大学，还有容纳万人的啤酒大棚和啤酒节。

这里的经济举足轻重，在全德16个州中，地区总产值列第一位。这里除宝马之外，还有奥迪总部、西门子总部，以及世界著名的保险公司安联总部和慕尼黑再保险总部。而安联竞技体育场也成为拜仁慕尼黑的新主场，同时还是2006年世界杯开幕式体育场。慕尼黑还有四座大型核电站，是它们造就了慕尼黑的清洁和无烟。

试想，在这样一座无烟城市，当你沐浴着温馨的阳光，脚踩着茵茵绿草，在渐渐红透的树林里悠闲地漫步，呼吸着伊萨尔河畔清新甜润的空气，心绪是不是异常的平静和愉悦？还请试想，在这样一个有着明媚色彩和醉人酒香的城市繁衍生息和工作，心中会不会觉得异常优雅和充满诗意？

在走过了步行街查尔士大门和慕尼黑凯旋门之后，我把现实的慕尼黑与想象中阴郁的慕尼黑做了比较，我感觉这两者似乎怎么也拿不到一个平台上来。历史的烟尘在氤氲中弥漫着，现实的喧哗与骚动又像失意的游子，总也找不到归宿。

慕尼黑难道真是一个完全沉沦于现在时的健忘的地方吗？！

在听完玛丽广场钟楼上那悠远的钟声，观赏完那些小木偶们的表演之后，我们实实在在地来到了世界最大的啤酒馆马尔蒂泽啤酒馆。我们被狂欢的氛围感染了。

偌大的有5500个座位的啤酒馆大厅里，居然座无虚席。人头攒动，啤酒生辉。喊叫声、欢笑声、碰杯声、交谈声此起彼伏，汇成一片热气腾腾的海洋，而人们的面颊更是容光焕发，闪着熠熠的神采，可谓如火如荼如醉如痴如霞如烟。有人在大口喝酒，高声喧哗；有人在边喝边品，低声私语；有人在手舞足蹈，侃侃而谈；还有人在悉心聆听，抿嘴浅酌……我们一行十几个人，穿梭在这欢乐的氛围里，走街串巷般走了七八分钟，企图找到一处可容纳我们栖身的角落，然而，寻遍了所有的桌椅板凳，还是没能找到适合我们就座的地方。客满。所有的男人女人都在啤酒勾兑的氛围里陶醉了，所有的男人女人都在啤酒酿造的境界里升华了。

我们十分遗憾地悄悄退了出来。

在这个日销售啤酒 15 万升的大啤酒馆里，居然找不到我们十几个人就座的位置。

在离马尔蒂泽啤酒馆不远的地方，我们选择了一家风格古朴据说有一百二十多年历史的小啤酒馆，一人要了一大杯泛着白色泡沫的纯正慕尼黑啤酒，也像德国南部的巴伐利亚人一样，豪放地喝了起来。

波茨坦的意味

许久以来，波茨坦的名字总像一个坚硬的钢铁符号，攀附着战争的阴影，聚集着威严的条款，也幽闭在一个刻板的轨道中。这是《波茨坦公告》留给我的奇怪记忆。

我们这次公务活动的目的地就是波茨坦。

《波茨坦公告》约束了两个“二战”法西斯集团残暴罪行的扩张，决定了战后德国的命运，也敲响了埋葬日本军国主义的丧钟。这也是我最早通读《毛泽东选集》后留下的深刻印记。至今我仍然保存着中学时代使用过的红塑料皮“毛选”。三十多年已悄然流逝，它却仍然是一本装帧精美的书。那薄如蝉翼的白纸，依旧清新，依旧光洁和华美。我曾无数次地在油灯下反复翻阅毛泽东的精彩文字，十分虔诚地铭记住了那些为我指路、为我升华思想的经典文章。回忆那时的心态，我觉得今天的自己依然潮气蓬勃。

毛泽东写的新华社评论《蒋介石在挑动内战》一文，就提到了《波茨坦公告》。那注释里真实地记载了波茨坦会议提出的促令日本投降公告的内容。那些条款让人们痛快淋漓，也让我从小就蛰伏了一隅奇妙的正义感。

三十多年后，我来到了波茨坦。那深藏胸间的宣言与条款，像一瓶酿造了很久的醇酒，摇荡着，翻卷着，不时飘散出一股久违的香气，让我不能自持。

接待我们并一起参加“城市规划建设与发展研讨会”的德国人叫舍夫，他是城市规划设计师。舍夫先生参与了波茨坦旧城改造的整体设计工作，他的语句组接在翻译的不断学舌下显得诚恳又充满幽默。他说，一会儿要带我们参观的步行街就是他参与设计并刚刚改建完成的。他毫不避讳，也时刻不忘吹嘘自己。他说，这个步行街很有想法。我想，波茨坦人挺有意思，也颇像疾步奔跑的中国人一样，搞起时髦的步行街了。看来西方人与东方人的某些思维还是相通的。

波茨坦历史悠久，很早就已经有斯拉夫人狩猎与耕作了，14 世纪开始建市，17 世纪陆续有法国人、荷兰人和瑞士人移居到此，手工业与商业迅速蓬勃发展起来。后来，皇家宫殿的大肆修建为波茨坦的鼎盛注入了机缘。如今，它距柏林仅 27 公里，是一座绿色的、精美的、悠闲的小城。虽然它是德国勃兰登堡州的首府，但人口却只有 13 万。

1945 年 7 月，波茨坦依然沉浸在凄厉与悲伤的悸动中。那些曾经碧绿的田野和大片森林，都因数年的战争而丧失了美貌。那刚刚停歇的恶战，也使波茨坦一片疮痍，到处是弹坑、废墟和苦难。

从 17 日开始，在波茨坦的采茨利恩豪夫宫里，聚集着苏联的斯大林、美国的杜鲁门和英国的丘吉尔。其实，这三国首脑能走进这个曾经是普鲁士王朝的王宫已十分不易。我曾看到一幅三国首脑聚首的照片，他们虽然个个气宇轩昂，但还是可以看出他们藏在内心深处的冷峻与傲慢。当然，不管他们各自的心绪如何，会议气氛如何，他们还是真真切切地分析了时局，按压住了各自张扬的欲望，达成了指向鲜亮的共识。

其实，这三位首脑能在波茨坦聚集，带有奇异的偶然成分。早先杜鲁门并没有想过要来波茨坦，由于罗斯福总统在四月突然脑出血去世，杜鲁门才有机会乘总统专机——空军一号来到德意志。而丘吉尔首相参会，更是留下一股秋风扫落叶般的伤感，不论当时他是如何的谈笑风生、妙语连珠，他的内心深处应该是极度忐忑不安的。丘吉尔在会议中途不得不沮丧着脸返回伦敦去参加英国大选，他果真就再也没有回到波茨坦。他落选了。而后半截参加会议的，是新任英国首相艾德礼。这给一生叱咤风云的丘吉尔留下了些许遗憾。只有表情严肃的斯大林手拿烟斗，以一个大政治家的气魄，悠然自得地始终喷吐着那氤氲的烟气。

波茨坦会议的最终功绩是：彻底解除德国武装，摧毁一切军事工业和纳粹组织，惩办战犯，实行政治生活民主化。同时，还宣布了对日本作战，促令日本武装部队无条件投降，归还中国东北、台湾、澎湖列岛等。应该说，波茨坦会议对于夺取反法西斯战争的最后胜利和“二战”结束具有同诺曼底登陆一样非凡的意义。在这个曾经是普鲁士国王休憩场所的宫廷花园里，三国首脑机械老道的笑容还是让人们感受到了和平所承载的积极分量。

然而，也是从这次会议开始，机敏的观察者们嗅出了另一种不融洽的气味。随着“二战”炮火的停歇，美、英、苏之间的战后纷争也是从这一天开始逐渐激化的。这些纷争最终变成了经济与集团利益的纷争。这纷争最终也演绎成两大阵营的地盘割据与长达数十年的冷战和对峙。

那幢华丽的采茨利恩豪夫宫，是普鲁士王朝修建的最后一处宫殿，是以弗里德里希·威廉二世的儿媳采茨利公主的名字命名的。它是一座典型的英国官邸式宫殿。走进宫殿，仿佛宽敞的大厅里依然游动着当年战争的烟霭，也游动着当年会议的喧嚣。它布局清逸、简朴，硕大的会议圆桌上，依然插摆着三国国旗。三把扶手椅为当时三国首脑的指定坐席，而天顶上古朴的吊灯，依旧荧荧的闪着光，使阴郁的空间显得异常白亮。据说，当年首脑们在这里共举行过13次会议。

规划设计师舍夫说，波茨坦会议虽然闻名，但波茨坦吸引人的还有著名的普鲁士国王腓特烈二世的桑苏茜宫，即“无忧宫”，也叫“莫愁宫”。那是腓特烈二世于1745年至1747年花两年时间建造的奢华宫殿。它也是国王的夏离宫。当年，腓特烈二世就在这个被易北河、哈弗尔河和绿色森林环抱着的豪华宫殿里，度过了整整四十年时光。这座“无忧宫”也给波茨坦带来了安静、优雅的名声。

腓特烈二世是一个固执、专制又我行我素的郡主。不过，他很会向外界标榜自己是“国家第一公仆”的信息。这很让我意外。他的军队在严肃、严格的军纪统领下，竟然连连战胜奥地利、萨克森和波希米亚，终于在当时德意志民族的神圣罗马帝国疆域内，形成了普鲁士和奥地利并列称雄的新局面。后来，他还使得普鲁士一跃成为与英国、法国、俄罗斯沙皇帝国等并列的欧洲强国。

当然，那时腓特烈二世从柏林到波茨坦消夏，肯定是为了轻松和享受。波茨坦就是这样一个适宜度假也适宜休憩的地方。在充满金气的豪华宫殿里，腓特烈二世会与王宫贵族们一起共进晚宴，会与贵妇人、宫女们一起跳古典的附庸风雅的宫廷舞，并且会奢侈地谈哲学、谈文学、谈音乐。我看过一幅腓特烈二世与法国大作家、哲学家伏尔泰在一起的油画——腓特烈二世身穿军服与坐着手拿羽毛笔的伏尔泰很投机地交谈着。腓特烈二世还有一个特别的爱好，就是吹笛子。不过，他吹笛子的时候是不许别人咳嗽的。

在波茨坦的绿色氛围中，腓特烈二世还会牵着他的一群爱犬，信步在阶梯状的葡萄园里观石雕喷泉、赏世界名画。有时，他还会在那个十分地道的中国六角凉亭下，摆出一套宜兴紫砂壶，品味来自中国的破孤闷、清肌骨、通仙灵的西湖龙井或福建红袍。那清冽的香茶让他有种飘飘欲仙的美妙感觉。于是，他急不可耐地又吹起了横笛。

当年国王奢侈的生活情调，现在众多普通人也享受到了。在那风格迥异的众多宫殿中，在那婆娑多姿的树影中，游人会时不时听到悠扬的巴赫、门德尔松的乐曲，或是瓦格纳与施特劳斯的优美旋律。今天，普通人的微笑早已替代了那个慵懒孤寂的国王的郁闷。

我们终于来到了舍夫参与设计并改建完成的步行街。那是一条用石块铺就的街道，街道两旁是浮华精美的二层、三层楼面，不少商铺还带有一点古典巴洛克风格。

这是一条典雅、安谧又充满温柔情调的步行街。它静静地，显得精致而婉约。行走在这个秋日里阳光散射的温暖街道上，倾听着装扮古雅的女士们那高跟鞋踩踏出的节奏，看着那些颇有绅士风度的老者在扶手椅上缱绻自得的品咖啡，我突然萌生出一种想停住脚步在这里悠然度过自己后半生的冲动。当然，这只是我欠思考的突发奇想。它可能是潜藏在我生命体深处幼稚可笑的生理反应，也可能是一刹那的小资情调的回闪，还可能是世俗琐事造成我逃避心理的显现，更可能是步行街那一树一灯、一砖一石、一窗一屏刺激起我内心想法的结果。

是的，这只是极为短暂的一瞬间的臆想。它其实是贬义的，是会被我自身强有力的人格力量击败的。我有近五十年中国传统的成长史，它会轻而易举地击败这个享受型的私念。不过，这条充溢着平和安宁意味的步行街，还是让我流连忘返。

舍夫介绍说，这条步行街的功能以休闲、娱乐、商业消费为主，设计时充分考虑了强化文化娱乐功能。他说，早先这条街只是一条普通的城市街道，改建后则完全变成了一条能带给人们奇思妙想的街道。舍夫的介绍充满自恋，也充满自豪。虽然它附庸着翻译者的个人倾向，但还是可以感受到他们对这条旧街道重新定位的前瞻性。他的自豪表明了他们设计规划的准确和招商、吸引旅者等一系列潜在目标的实现。

我走进一个旧时香皂厂的街巷内部，它现在已被改建成一组琳琅满目的艺术街——画廊、画室、礼品店。敞亮的画廊里悬挂着色彩斑斓的中世纪或现代派情调油画，那乡情乡韵时不时会飘溢出一股德意志古堡与金黄麦粒交相辉映的气韵。精美的工艺礼品店里摆放着考究的木雕、水晶制品和仿真的鲜花与玩具，而紧挨礼品店的几间偌大的画室里，有几位眉清目秀又穿着时尚的青年人正在聚精会神地作画。

我走到一个手拿油画笔的金发少女旁边，看了一会儿她的用笔和技法。我觉得她是一个技巧娴熟又有潜质的绘画者。她画的是一张静物画，夏日的阳光斑斑点点地散射在青绿的矢车菊上，宛若多彩又充满灵性的生命体，激情四射。我想，这女孩的心地肯定与她娇好的容颜和画笔一样，也充满了丰富的情感和欢悦。

遐想的瞬间，女孩敏感地回了下头。我看见女孩对我友好地笑了笑，她的笑很甜美。

第三辑　沉浮的罗马

永久的错觉

意大利是一只“长靴子”，罗马正巧在它的中部，坐车从“靴口”到“靴底”是很方便的，但进入罗马市区却不能随意。所有非罗马牌照的车不能入内。于是，我们只能步行或者挤公交车完成罗马的旅程。这倒为我们这些外来者扫描古城带来了便利。

罗马的建筑似乎没有什么章法。无论是奥古斯都广场废墟，还是巴洛克的繁缛，都充溢着一种散乱杂糅的古韵。

即便是站在这一幢新建筑——“祖国祭坛”的长石台阶上，我依然有一种古旧而凄迷的感觉。

这“祖国祭坛”建成于1911年，也叫埃玛努埃尔二世纪念碑，是为了纪念一位名叫埃玛努埃尔的君主统一了意大利。它很年轻，但却有浓重的古罗马遗风，尤其是那气势、那神韵，就像一尊罗马古董的翻版。

然而，许多意大利人都对它嗤以一种乜斜眼光。他们说，它应该拆掉，它像一部过时的白色打字机，与深沉的罗马很不相称。

这评价让我大吃一惊。

那个赶走外国占领者的埃玛努埃尔二世的功劳不可磨灭。罗马人到底如何评判他，我不得而知，但纪念碑的确恢宏而气度非凡。纯白的大理石庄重而悠远，巨大的碑顶有镀金的铜像，远远望去，金光四射，蔚为壮观。

我打着雨伞，冒雨观赏它雕琢精细又不知为何意的拉丁文字，怎么也弄不懂罗马人为什么要歧视它。在它的上方，还建有一座无名英雄纪念碑，于是，两座纪念碑就合称为“祖国祭坛”。

透过沥沥细雨的帷帘，看着模糊的祭坛，我隐隐感觉到，它确实很新，新得缺少了厚重，新得也缺少了坚硬。我觉得这可能就是罗马人乜斜眼光的出处。

是的，罗马的确充斥着古旧和沉郁。那古旧中漂浮着一种失落文明的躁动之气，一种久远残渣的斑驳之气，一种沧桑老妪的衰败之气，一种蹉跎岁月的苍凉之气。

古罗马像一个影子，无休止地缠绕在你的周围。那些凝固了时间的遗迹，像随手拈来的古玩，每一个侧面都散发着滴血的往事、凄婉的爱情和悲怆的人生。凯撒广场、奥古斯都广场、万神殿、科洛塞奥大竞技场、古罗马广场、阿庇亚古道、君士坦丁大帝凯旋门、图拉真集市、卡拉卡拉大浴场……每一个名字都承载着一角沉甸甸的历史，让你透不过气来。

现代意大利是 1871 年统一的。比起古罗马，它似乎就像一个年轻的小弟弟。于是，它的埃玛努埃尔二世纪念碑，在古罗马共和国、罗马帝国、拜占庭或者中世纪、文艺复兴甚至 16 世纪巴洛克风格的建筑海洋里，就像晚辈的晚辈，没有发言的权利，没有立锥之地。旧永远比新有价值。旧永远是新的楷模。难怪有相当一部分罗马人用不屑一顾的神情藐视这座纪念碑，于是，当他们在国庆节参加大型纪念仪式时，就显得心不在焉，仿佛那是别人的纪念日，而不是他们自己的。

今天的罗马人可能永远也走不出这个怪圈。

我作为一个来自遥远东方的现代人，最大的感受就是我似乎永远徜徉在过去的回忆中。这其实是一种非常可怕的感受。

我以为，在古罗马阴影里爬行的现代意大利人，虽然他们穿着很时尚，但他们的内心是古旧的，他们引以为自豪的东西是那古罗马的衰落之美、残败之美。

不过，我还是十分肯定意大利人保护古迹的做法。一个灰蒙蒙的罗马城，就是一个灰蒙蒙的硕大古物。任何一个在古城里游荡的人，都可能被摄像镜头跟踪，因为那废墟上的每一个石块，可能都是一个古老的摄像头。我真不忍心将一块磕绊了我的石块抛向远方，我知道它的价值，它有两千年甚至更长时间的历史记忆。它或许是凯撒大帝曾经踩过的石块，也有可能是一位美丽贵夫人用纤纤细手抚摸过的信物。

但我还是按捺不住地拾起一块看起来比较精致的石头，站在卡比托利欧山丘上，翻来覆去地欣赏了很久。我没有看出国王美女和角斗士的差别。我想它只是一块普通的石头，它的表面有一些泥土，有一些辨别不清的分子结构。我还想，它可能是一块来自阿尔卑斯山的石头，也可能本来就在卡比托利欧山丘上风吹日晒着。不过，它的人文历史还是很难推测的，因为它摄取的信息量实在太多了。

看着最年轻的纪念碑胜利女神双轮战车，我被这个叫方塔纳埃的作品感动了。那神态逼真的铜马姿态矫健，恰巧与高大整齐的石柱构成了一幅全新罗马帝国的复原形象。但，很快这罗马的高大形象就坍塌了，因为它缺少支撑。这公元 1911 年实在无法攀登那公元前 750 年或公元前 45 年的高度，也无法攀上艾特拉斯奇王朝在台伯河畔兴建罗马城的高峰。

后来我想，我怎么会突发这样的奇想呢？我问一位朋友。朋友说：绝了，我也有这种感觉，所有的新建筑，我都会不屑一顾。

然而，离开罗马后，我就再也没有这种感觉了。我想，我可能回到了现实当中。

庆幸的是，我拾到一块古罗马贵夫人抚摸过的亮石头。

数千年来，罗马曾有过那么多的战事，它的主人一变再变，但这些坚实的老房子却被奇迹般地保留了下来。它的居住者似乎永远都心安理得地躺在旧石块上做着新内容的梦。他们用今天的肉体占领着昨天的空间。不知道他们会不会想到，上上个世纪的某一天，他们的爷爷的爷爷，在用同一种姿势和力气咀嚼着一种叫意大利通心粉的食物。

罗马真正的辉煌，可能就是看不到变化的辉煌。在没有变化的街道上，走着不断翻新的肤色各异的新新人类。

征服者的废墟

古罗马广场在两千年前是一派辉煌的景象，但现在看来，十分狼藉，也十分悲惨。据说它是19世纪末才被喜爱古迹的欧洲人挖掘出来的。欧洲人一边精心地用铁铲和毛刷挖掘，一边抽着雪茄享受着古迹带给他们的快感。欧洲人有挖掘古迹的嗜好，他们不仅挖欧洲，也挖亚洲和非洲。有一个叫斯坦因的英国人，就从我们中国的新疆挖走了数万件文物。

在罗马帝国崩溃后的一千多年间，原本壮观而华丽的古罗马中心广场，竟然会被掩埋在碎石与尘埃之下，这多少有些蹊跷。

我站在一块巨大的条石上照相，身后就是凯撒大帝的朱利亚大集会堂遗址，那高耸的白色石柱依稀能分辨出昔日的壮美。我曾看过一张古罗马广场的复原像。它作为公元前5世纪到公元4世纪罗马城的核心，有着庞大的宫殿、庙宇、元老院和集会场所，遍布广场的是身着盔甲的武士、身穿长衫的平民和仪态生动的战马，还有随处可见的巨大而精美的雕像。

罗马人历来有征服别人的欲望。在古代意大利半岛，罗马人最早并没有希腊人和伊特鲁里亚人强大，他们只是意大利长靴子上的小字辈。但罗马人通过残酷的战争统一了半岛。有一幅名画叫《萨宾妇女》，是法国19世纪画家达维特的名画。在巴黎卢浮宫，我曾目睹它的风采。

国王罗慕路斯在初建罗马城时，为了增加人口，用计谋招来了许多萨宾人，于是，罗马人就下黑手疯狂地抢夺萨宾众多的妇女。被抢来的萨宾妇女在罗马人优厚的待遇及呵护下，陆续爱上了罗马的男人。当萨宾的男人重新来到罗马决战时，突然冲出了泪流满面的萨宾妇女，她们哀求、阻止并且怀抱着幼小的孩子，用她们的身体筑起了一道美丽的人墙。于是，交战双方停战了。萨宾人与罗马人融为一体，从此罗马开始人丁兴旺，逐渐发展成为强悍的罗马帝国。

这故事似乎有些粗鲁和蛮不讲理，内涵又有些深不可测。古罗马人与土匪草寇并没有什么本质区别，但古罗马人有一种高远的理想。如果没有掠夺萨宾妇女的历程，肯定就没有后来的罗马帝国。

凯撒就是古罗马的一位奇人。

最早认识凯撒是读莎士比亚的名著《凯撒传》。很多细节都不记得了，却偏偏记住了大演说家西塞罗专门为凯撒大帝丧礼演讲的开头语：朋友们，罗马人，同胞们，请倾耳听我道……

出生于公元前100年的凯撒，最初只是一个普通的神庙祭司，当上军官也纯属偶然，但他自小有一种征服天下的狂想。他曾狂想着有一天骑上高头大马，驰骋于亚平宁平原，踏遍阿尔卑斯山南北大地。

其实，他自小的狂想还是太小了。当凯撒真的奇迹般地统帅了罗马的时候，那些自小的狂想只是一个小儿科的问题。连凯撒自己也没有想到，他竟然有这么大的神奇力量。他接连拿下了高卢人中最骁勇的赫尔维提人和日耳曼人部落，又长驱直入穿越英吉利海峡，登不列颠岛，在英格兰人的某一地区修起了一条罗马的城墙。

这些似乎并不够。他在西班牙招兵买马，平定了周边不愿臣服的诸部落，又横扫了小亚细亚，终于扩张到了地中海最后一个强者——埃及的托勒密王朝。

凯撒终于拥有了众多冠冕堂皇的头衔，也奇迹般地使罗马共和国体制发生了动摇。他实际上已经成了罗马帝国的君主，打破了共和制的规矩。

我尊敬凯撒，并不仅仅因为钦佩他轰轰烈烈又叱咤风云的战绩，也不仅因为他经过征服而获得了独裁权力，而是崇敬他在刀光剑影的空隙，居然有亲自撰写文字的惊人毅力和心境。《高卢战记》和《内战记》都是凯撒留下的亲笔著作。在两千多年来官样文章一直甚嚣尘上，并占据着文字海洋主体的漫长历程中，凯撒以他独特的统帅视角，留下了一笔丰厚的历史遗产，堪称文学与史学杰作。我们且不说那简洁流畅的文风和秉笔直书的姿态，单是那疆场驰骋缝隙里的疲惫与杂乱无章，就是常人难以承受和逾越的。凯撒居然完成了，而且是一部奇书。后人在评价凯撒的著作时，往往都感觉难以把握，因为它有军事价值、人文价值，更有历史价值。于是，后人评价说：那是公元前 1 世纪最上乘的拉丁文字写作。

凯撒其实只是一个悲剧人物。朦胧中，我终于明白了凯撒的名声为什么如此显赫，他的名望为什么超过了罗马帝国的真正实施者——奥古斯都大帝屋大维。我分析，那多半来自他丰富多彩又烟雾缥缈的人生。因为在他狼烟滚滚的生涯里，突兀着一隅温馨而甜美的爱情世界。

高大英武的男人臂膀里有一个艳丽聪颖的女人。这似乎是一个古老的爱情故事，但又不仅仅是故事。英雄会为美人而倾倒，会为美人而放弃战争。大英雄能打败无数个小英雄，但大英雄永远打不过小美人。这似乎也是人类的一项法则。凯撒最真实的历史谁也无法知道，我们距离那个时代毕竟太遥远了，但凯撒的记忆却永远耸立在历史的风口浪尖上。

最豪华的版本还是美国大片《埃及艳后》。那位有着奇异美貌的埃及女王克娄巴特拉，不仅拥有了埃及，擒拿了古罗马的盖世英雄凯撒，还驯服了古罗马的另一位盖世英雄安东尼。她让这两位罗马的赫赫功臣，一前一后拜倒在她的石榴裙下。

征服世界的男人凯撒在埃及美女克娄巴特拉面前显得束手无策。克娄巴特拉用她柔软的腰肢、妩媚的眼神、伶俐的谈吐和优雅的举止，勾走了凯撒的魂魄。于是，就演绎了一段甜蜜又搀杂了许多沙子的爱情故事。于是，大元帅与美艳后就开始沿着美丽富饶的尼罗河溯流而上，开始了现在时兴的叫法——浪漫之旅，并且生有一子，名字就叫凯撒里昂。

凯撒没有战死沙场。凯撒死在了与克娄巴特拉浪漫之旅之后的公元前 44 年 3 月 15 日。他是被人暗杀身亡的。在被众多刺客用锋利的短剑刺中身体时，再盖世的英雄也会倒下。凯撒全身被刺了 23 剑。在被刺后，他有一个著名的动作，用披风遮住了自己的脸。凯撒要脸而不要身体，就像沙漠中的鸵鸟。凯撒大约只是一个人。我想，凯撒这个动作揭示了他是普通人的秘密。不过，美国电影《埃及艳后》中没有这个著名的动作，让人很遗憾。

凯撒神的地位是在他死后被另一位同样被埃及艳后克娄巴特拉迷倒的安东尼树起来的。凯撒被授予“一切神和人的荣誉”。现在罗马的中心广场依然耸立着一尊七米高的大理石悼念柱，铭文就是献给祖国之父凯撒的。

凯撒在死的时候，脑际里是不是闪现过克娄巴特拉妩媚的笑，谁也不会知道。但克娄巴特拉却真实地在很短的时间内，就变成了凯撒的助手、执政官安东尼手臂里的新宠。这真是奇了，我不知道那时罗马流行什么样的道德准则，但这位女王先前的确是凯撒的情妇。可以想象，在金碧辉煌的有着埃及神庙风韵的巨大宫殿里，神鸟张开了翅膀，立柱的荷花在感受到阳光后盛开了。多情狐媚的克娄巴特拉身着柔软的长裙在弹竖琴，并且有一群艳丽的女佣伴随着她在吹双笛或者奏埃及诗琴。克娄巴特拉光彩照人。安东尼自然会被这种奇妙的氛围融化，因为他也是一个普通男人。安东尼顾不得盖世英雄凯撒的在天之灵，神魂颠倒地亲吻起克娄巴特拉的落地长裙。

征服过欧洲征服过地中海沿岸甚至征服过非洲的凯撒和安东尼，被同一个美丽的埃及混血女人征服了。于是，历史就成为了历史。如果没有这位埃及女王的加入，历史可能会变成另外一种模样。

征服过世界的神圣罗马帝国，曾经有辽阔的版图，曾经有近千年的文明历史，但最终还是被别人征服了。

罗马的废墟上，永久站立着的是倾心欣赏它的匆匆过客。

咀嚼竞技场

古罗马大竞技场俗称斗兽场，也叫克罗塞奥竞技场。在我的记忆中，他是古罗马名望最高的建筑。只要提起罗马，可能最先浮在人们脑际的就是那宏伟庞大的圆形大理石建筑。

我最早对它的了解来源于 1979 年艾青的诗《古罗马的大斗技场》。那时刚刚开放，外面的世界很精彩，外面的世界也很无奈。两千年前的罗马怎么会有这样一幢奇石建筑留给后人？我很惊讶。惊讶自然是来自与中国古建筑的比较。中国有着五千年的漫长历史，曾经是建筑辉煌、城池浩大的东方大国，但奇怪的是，两千年前的建筑却寥寥无几。著名的皇宫紫禁城只是距今 600 年的新建筑。秦始皇的阿房宫虽然没留下，却留下了万古惊世的宏伟的万里长城。

我现在就站在古罗马城市中心距君士坦丁凯旋门不远处的圆形大竞技场上。我的思绪被竞技场弄得有些骚动不安。

两千年前的罗马人是超凡的。所向披靡的罗马弩炮使罗马人过于沾沾自喜又狂妄自大。于是，他们的发展速度就有些快。过快的发展必然

作者在克罗塞奥竞技场

会产生奇迹，也必然会带出一些混浊不堪的污垢。

古罗马在踩踏欧洲大陆的过程中，是没有人思考这种娱乐方式的。强者在不断地烧杀掠抢的过程中，萌发了一种好看又刺激的血雨腥风的游戏。他们于是恍然大悟，何不让战场上的精彩瞬间在大众面前重现和展示呢？

于是，在公元 72 年的某一天，维斯巴西安皇帝就用他那沙哑的嗓音高声宣布：罗马要建一座能容纳八万人的大竞技场。这竞技场将用来观看人兽格斗。

那的确是一种大气魄。没有实力没有财力没有魄力的小国寡民，肯定弄不出这种新鲜玩意，只有罗马才会有这种损人利己的突发奇想。

人类是在与野兽的不断厮杀、搏斗与周旋中逐渐进化起来的高级动物。人类的历史最早就是一个混杂着人兽鲜血的历史，是用各种动物尸体堆砌起来的历史。于是，在人类的血脉中，总会时不时地透出一种原始的血与火的兽性，一种杀戮的快感，一种跃跃欲试的、残忍的强暴欲望。

两千年前的人类大约还没有现代人这么文明。他们看人与猛兽厮杀也许就像我们玩电脑游戏，能诱发出许多快乐与遐想，或许还能诱发出征服别人的雄心与壮志。男人通过厮杀赢得美女的爱抚，女人目睹勇士厮杀更倾心于威猛刚烈的男人。维斯巴西安皇帝看来是深谙此道的，在他胸有成竹地宣布兴建这个大竞技场的一刹那，他似乎看到了欢呼雀跃的民众们潜藏在心底的秘密，那正是那个时代男人与女人渴望完善的秘密。

人类经常会在一个极小的圈点上失控。人类经常会为一件极可笑的事情犯傻。人类还经常会为一个极丑陋的事物鼓呼。于是，人类又回到了野蛮时代，四肢变得异常发达，头脑变得异常简单。难道人类在成长的过程中这种可怖的先例还少吗？！

庞大宏伟的建筑给罗马带来了无上的威严，举世无双的竞技场飘移出的狂叫声更为罗马赢得了声誉，但它还是被后来更文明更善解人意的人们唾弃了。这是人类的进步。

我们无法复原公元523年最后一场斗兽表演结束的场面，也无法推算这个竞技场在前四百年间到底有过多少角斗士、多少猛兽死于非命，但我们可以长长地吁一口气了，我们终于看到了罗马人艰难地战胜了自己，迈出了新的前行的脚步。

美国人在20世纪的某一天，拿出一部企图还原古罗马角斗历史的影片《角斗士》。它也曾一度让我这个自认为还比较现代的男人激动了很久。我甚至很欣赏也很崇拜那个名叫马克西姆斯的西班牙人。那样勇猛智慧的男人，不仅皇帝的女儿会钟情，恐怕很多女子都会倾心。西方电影不少是这样引人入胜的：让现代人回到从前的野蛮粗鲁时代，用野蛮的动物般的快感去勾引现代人的原始欲望。它卑鄙地让你一起为杀戮而撕心裂肺。当然，正义如果不杀死邪恶，邪恶就一定会杀死正义。

人类的成长恐怕就是这样一种富有哲理的不断醒悟的过程。只要有开始，就会有成熟。

在这样的思路下，我踏上了古罗马最大的竞技场——克罗塞奥露天竞技场的三层看台。这个庞大的动用四万奴隶用八年时间建成的圆形竞技场，绝大部分是用石块筑就的。它的高大又四通八达的层层拱门，像一个个粗犷又唯美的大门洞，里面深藏着丰饶又酸涩的历史故事。

我英武地站在帝王看台区，装腔作势地将自己与罗马贵族混为一体，遥想当年那些奴隶与猛兽、奴隶与奴隶之间的格斗，遥想那些异常残忍的白刀子进去红刀子出来的血腥场景，似乎还真有一种难以言表的快感和满足感。一个生活在21世纪的所谓文明人，居然会有这种可怕的满足感，那么，公元1世纪的罗马人会为这种刀光剑影而欢呼雀跃就显得顺理成章了。我终于相信，人是复杂的，虽然文明了，但那原始的一面依然会随着时间、地点、环境的不同而发生改变。站在这个竞技场的三层平台上感到满足的那一刻，我似乎想明白了，为什么会有成千上万的罗马市民，用乱石活活砸死企图阻止罗马人放弃这种娱乐方式的东方隐修士德莱玛科。

往昔那个场地中央硕大的舞台已经不存在了，取而代之的是它的地下沟壑纵横的隐秘部分，那大约是现在我们称之为后台的地方。那里曾经有许许多多勇士像困兽一样期待大铁门打开的一瞬间，因为那一瞬间凝结了他们唯一可以存活下来的希望。外面的山呼海啸其实与他们的内心并没有直接的联系，他们只期待用长剑短戈或者盾牌出招的那个美丽时刻。

是的，我不可能看见那个美丽时刻的真实一幕，我看到的是残破的通道和通道里残留的破碎的沙粒和尘土。那沙粒中不知道有没有砸死德莱玛科修士后分化出的碎片，不过，那通道里也郁郁葱葱地长着一些翠绿的青草。

我想，这个庞大的供人们休闲旅游的竞技场最大的贡献，就是给后人留下了深远而有意义的思考：人类该如何面对自己的成长？

当然，它的重要贡献还有现代体育场或体育馆的建设。现代人就是照搬这个庞大的竞技场，建造了一个个现代体育运动场。它是现代足球场的子宫。

潇洒大浴场

古罗马城内竟然有1000多家公共浴室，而像卡拉卡拉大浴场这样能容纳1000人以上的大浴室有11家。

在当今这样发达的现代社会，我们常常会为供水排水系统的滞后而怨天尤人，甚至会找政府部门大吵大闹。我们会说：怎么天天停水？我们的下水道为什么总是臭气熏天？我们要畅通！

古罗马水道是一项著名的畅通工程，是当今世界建筑史上的奇观。在古罗马这个拥有100多万人口的都市里，居民可以有充足的生活用水，这本身就是奇迹。古罗马水道今天仍然有100多公里渠道是翻山越岭的，走法国走阿尔卑斯山也走叙利亚，高高地云架在峡谷与山涧之上，像一道壮观的彩虹。有了这水道，古罗马才能有充足的水资源，才能有豪华的大沐浴场。

古罗马到底是怎样一个社会？它到底有多少雄厚的资本供人们无休止地消遣？它为什么能让数十万人每天在浴场、浴室以及由浴场、浴室繁衍出的美容院、音乐厅、按摩室、酒吧或图书馆、会议室里消费？

在卡拉卡拉大浴场，我释然了，也折服了。

这是一个可同时容纳1500人沐浴的大浴场。公元206年，罗马的卡拉卡拉皇帝在一次沐浴时突发奇想，于是就下令说：我要建造一座庞大的熠熠生辉的大浴场。

它真的比我想象的大澡堂大了许多，并且华贵辉煌了许多。虽然1500多年过去了，它依然残留着高大的大理石柱、圆拱，墙壁上依稀可见镶嵌着沐浴故事的壁画和浮雕，休闲区依然有奢华的喷水池和池边被人身磨光了的石凳。

它看起来更像一座大王宫，仅仅地面的装饰就透着一股帝王之气。在冷水浴区，我伏下身子仔细端详和抚摸着那些整齐的小石块。它们就像是用十分考究的马赛克装饰而成的，有蓝白相间的图案，有酷似飞鱼翅膀的帆船，还有美丽的几何规律图形。抚摸着它，我感觉历史其实离我们很近，仿佛就是昨天。它那新鲜程度，如果不是导游一再告知，我真以为就是几年或几十年前的新装饰。

在古浴场的某个墙角，我看见一件阴刻大理石雕刻墙壁。一个少年站在一匹骏马背上，左手扬鞭，右手洒脱地拽缰绳，马也做着优美的腾跃姿势，完全像当代的艺术品。在另一间浴室里，我看见一组保存完好的狩猎壁画，排列整齐的猎人正用长矛与猛兽格斗着，质地非常精美。

领队说，罗马人洗浴是一个复杂的享受过程。浴场有旱地运动区、蒸汽浴区、热水浴区、温气浴区、冷水浴区、冷气浴区，每个区域都有自己独特的功能，都有完备的进出水进出气系统，也都有自己的社交和休闲场所。沐浴者可以随机进入自己喜欢的按摩区、会客区或美容区。他们或讨论政事，或演讲学说，或酝酿一首新诗，或静静地任奴婢服侍。总之，罗马人会找到他们认为最佳的享受方式。

在偌大的人声鼎沸的大浴室里，庞大的洗浴队伍会显得杂乱无章，但同时又赤身裸体分不出身份。到了浴场，元老院的元老、史学家、诗人、演说家、雄辩家或者医生、教师、园艺师都赤裸裸地展示在了一个平等的舞台上，他们的争辩研讨都显得无遮无掩，并且充满了原始风格。

于是，就有人抱怨澡堂过于喧嚣和嘈杂了。

公元 40 年，罗马的哲学家辛尼加在写给朋友的信中说：罗马澡堂人太多、太吵闹，已找不到一点享福的感觉。但他的呼声显然太羸弱了，根本无法盖过那生机勃勃的洗浴风。

沐浴、请客、美容成了古罗马的时尚。男子们在浴室里沐浴，松弛了筋骨，排泄了精气，舒坦了身心，然后就要猎食了。在罗马，吃请与请吃是一种悠久的传统。罗马人认为，请客吃饭就是交流，并且长期形成了一种混吃混喝的风尚和人员队伍，美其名曰“保护人”。这也酷似中国先秦时期王公贵族门下的食客，他们以在别人家吃饭为生，吃别人的就要为别人讲话。俗话说得好，吃别人的嘴短，拿别人的手短。

罗马人当然不管嘴短嘴长，只要能吃到嘴里就行。有一位叫麦诺格尼斯的人，就是一个成功的猎食客。

在浴室中，麦诺格尼斯会向他认为值得的人发起进攻。当他看见你拿起比小孩围涎还要脏的毛巾时，会称赞它比雪还要白；看见你梳理自己稀疏的头发时，他会说你像英雄阿喀琉斯一样神气。你肯定无法忍受他的蓄意鼓吹，就不得不说，请吧，请跟我一起吃饭吧！

罗马女子美容也是一个烦琐的过程。她们在用香液沐浴光洁的肌肤之后，会涂一种油脂，然后叫仆人按摩松骨，叫发型师做漂亮的发型，并且往脸上涂粉增白，用葡萄酒渣或胭脂染红眼睑，最后再佩戴戒指和项圈。她们会用整整一个上午去沐浴、美容和染发，把自己弄得满身珠玑，然后在下午和晚上去参加香溢盛宴或与心仪的男人幽会。

浴室里还有一项奇异的服务，叫取腋毛。那时科技不发达，没有现在时兴的自动剃刀，美容师们就用镊子一根一根地拔毛，于是浴室里美容院里就会发出一声声凄厉而刺激的喊叫声。后来，为了招徕顾客，美容师们就自己制造那种尖叫的假象，那声音比顾客的声音更刺激更尖锐，也更加撕心裂肺。

有一位清醒的罗马诗人这样写道：浴池、醇酒和美人腐化了我们的躯体。

我不知道我们现在是不是重又进入了这样一个追求享乐与物欲的社会。我总能在古罗马浴场的沟壑里嗅出一种似曾相识的味道，这种味道让我毛骨悚然。在当今繁荣又蒸蒸日上的中国的一些城市里，拥挤着春笋般茁壮成长的大酒店桑拿房洗浴中心和美容中心，腰包鼓了的新贵们正在迷迷瞪瞪接受着所谓高雅又文明舒适的服务。

走出卡拉卡拉大浴场，恍如走出了一个古老又日落西山的颓废帝国。那冰凉的石块与稀疏的荒草，昭示了一个泱泱大国的消遁。那悠久的又不能不陨落的昔日文明终于变成了斑驳的废墟。

一切遗存都有猜测和误传的可能，你不可能复制一个真实的过去，但我宁肯相信过去是真的。

台阶上云集的思想

那个大台阶有 137 级。从最底层向上仰望，必须得鼻孔朝天，不然你就无法看到顶级平台上坐落的楚利尼塔代孟第教堂的塔尖。

它就是罗马的西班牙台阶。它得名于台阶下面的西班牙广场，西班牙广场又因为西班牙派驻梵蒂冈的使馆就在这里而得名。那是 18 世纪的事。

沿着这个巴洛克风格的大台阶拾级而上，你会感觉那宽窄不一、错落有致的十二段的每一段都深藏着曲折的故事。

台阶上坐着许多花花绿绿的旅行者。我断定他们都和我一样，是千里迢迢来大台阶寻找旧梦的，虽然他们大多说的是英语，但我能感觉到，他们也是第一次来。他们好奇地在台阶上东望西找，或者专心致志地辨认着台阶墙壁上镌刻的模糊文字。

在一段较宽敞的台阶上，有一男一女两个白皮肤年轻人在旁若无人地进行表演。他们表演得很投入。不少人静静地看着他们俩，并投以善意的微笑，但人们并不围观。这可能就是欧洲。在国内，只要有人抬头看天，就会有人跟着仰起脑袋四处张望。

这两个年轻人在模仿电影《罗马假日》里的情节。那是 20 世纪 50 年代奥黛丽·赫本和葛利高里·派克最经典的浪漫镜头。因为有了男女主人公在大台阶上邂逅的爱情故事，才使得罗马这座古城焕发了朝气，充满了现代人的浪漫情调。

大台阶作为西班牙广场的衍生物，与广场有着卿卿我我的亲密关系。而西班牙广场在建成之初，就一直如蜂蝶般地招徕着一批批来自欧洲的潦倒艺术家的目光。于是，艺术家们来了，就居住在它的周围。他们或是漫步，或是在台阶上歇息，或是在咖啡屋里小聚。那个有名的希腊咖啡屋，就有一系列艺术家逗留的证据。这是一个奇怪的现象。我甚至试图查阅一些资料，来证实这些艺术家徘徊台阶下的真正缘由，但后来我放弃了。我想，事实是他们已经真实地聚集在了这里，这里肯定潜藏着让他们放松的理由，就像巴黎的塞纳河左岸，艺术家们在那里可以找到归属感和安全感，他们就留下来。

试想，一个地方有了意境高远的诗，有了云蒸霞蔚的画，有了温馨多情的音乐，还有了层层叠叠的台阶做支撑，难道不值得肃然起敬吗？

弗朗茨·李斯特，19 世纪享誉世界的匈牙利作曲家、钢琴家，交响诗的创始者，曾经创作过《但丁》交响曲、《浮士德》交响曲和描写匈奴王阿提拉率大军越莱茵河西侵高卢的交响诗《匈奴人的战争》的大音乐家，就曾经在这个大台阶旁的咖啡馆里游居数载。他一边喝着咖啡，一边演奏着他的钢琴曲《爱之梦》，尤其是那首著名的《啊，爱情》，演到兴奋时，他还会叫人们再搬来一架钢琴，两琴轮换弹奏，使在场的所有人都能欣赏到他灵巧的手指行云流水般弹奏的细节。据说，后来李斯特在梵蒂冈接受剪发礼变成了修士，可我们没法看到那时的照片。他后来的音乐创作达到了炉火纯青的境界。

李斯特极力推崇寓文学于音乐之中。他的交响诗《塔索》取材于英国诗人拜伦的诗和德国作家歌德的戏剧；他的交响诗《马捷帕》取材于法国作家雨果的诗篇，描述了哥萨克人马捷帕凄美又险象环生的动人故事。奇怪的是，拜伦、雨果也先后到过这个艺术家钟爱的大台阶，并留下了不朽的文字。我不知道比雨果小九岁的李斯特是不是与雨果有过希腊咖啡屋里的神圣约会，但我对李斯特的《马捷帕》饶有兴味。

翻阅那些众多艺术家纷至沓来的名册，我被一个个振聋发聩的名字弄得瞠目结舌。我不知别人会不会这样，但从小喜爱艺术的我佩服得五体投地。他们有英国诗人泰尼松，瑞士画家考夫曼，法国作家司汤达、巴尔扎克，丹麦作家安徒生，德国作家格雷戈罗菲乌斯，等等。最为知名的是俄罗斯批判现实主义大师果戈里，他的最为不朽的名著《死魂灵》就是在这个咖啡屋的某一张方桌上，品着那种苦咖啡书写完成的。这似乎让人有些不可思议。

鲁迅先生的《狂人日记》是中国现代小说的鼻祖，那丰厚深重的思想内涵开创了中华民族一代人涌动的新思潮。可鲁迅先生的小说标题却来源于俄国作家果戈里的短篇小说《狂人日记》。我想，果戈里肯定是先沿着西班牙台阶拾级而上，奔跑一个来回，把自己弄得满身大汗，再痛快地洗个澡，然后才坐下来一口一口地呷着咖啡，像一个落魄的绅士。他做着那种清雅的动作，写字时会眼睛盯着一个固定的角落，其实他什么也没看。他看见的只是他脑海里的人物。于是，他写下了 19 世纪一个俄国小文官乞乞科夫为搞钱而收买死灵魂遍访郊外地主的故事。那故事犀利而深刻，今天读来仍然有一种游丝状的东西在窸窸窣窣地穿行，搅得你的灵魂不断地颤抖。

我如愿以偿地来到了大台阶上那幢玫瑰色的小楼房。这就是诗人雪莱和诗人济慈博物馆。因为贫困和疾病，雪莱和济慈都曾在这幢房子里居住，并且创作出伟大的作品。

雪莱，英国 19 世纪诗坛的巨星，曾是我极度崇拜的诗人之一。早先马克思和恩格斯都对他有过极高的评价。马克思说，雪莱是彻头彻尾的革命家。恩格斯说，雪莱是天才的预言家。其实，年轻的雪莱仅仅活了三十岁。他太年轻了。他在颠沛流离中来到了罗马，来到了充满韵味的西班牙台阶上。他其实很清秀，他的画像更像一位手握鸡毛写作的姣丽的美女作家。他的眉宇间，闪烁着一种智慧，也闪烁着一种警示。

他的长诗《心之灵》就是为了拯救被继母幽禁于修道院中的少女爱米丽而创作的。他曾许多次访问爱米丽，并且称她为精神之美的化身、心灵之上的心灵。

雪莱后来与友人在一次大海泛舟时，因意外遭遇暴风雨而溺死海中。这多少让人有些无法接受，但却应了诗人“一切汇入大海”的万物融一的思想。

精神是不朽的，死后的精神是永存的。这句子来源于雪莱悼念诗人诗友济慈的长诗《阿童尼》。济慈早于雪莱死于肺结核病。

雪莱说：罗马，哦，那墓园，那儿既有天国，又有墓地。雪莱还说，远远离开海岸，那不朽之灵向我招手。想到可以长眠于这样甜蜜的地方，让人都不由得爱上死亡了。

雪莱写这首《阿童尼》时是 1821 年，1822 年他就葬身于大海。于是，有相当一批评论家说，雪莱对死亡有预感。

是的，将雪莱与济慈博物馆放在这样一个大台阶旁是很有象征意义的。它能吸引更多的艺术家来这里寻梦，不管他们是否能成功。他们总希望在大台阶上慢慢地回味罗马的历史，解读那久远的有一股淡淡霉味的诗行，他们可能想得最充分的还是天空为什么会飘来忧郁的白云。当然，他们也许只是想在大台阶上休息片刻。

我终于气喘吁吁地绕过了那个埃及方尖碑，来到了台阶尽头那 16 世纪兴建的哥特式教堂的大门前。埃及方尖碑似乎已成了欧洲的宝贝。在欧洲所有重要的场所，你都可能看到这种四千年前古埃及的神圣石柱，它会将你的目光引向伟大而神秘的天穹。不过，所有看过方尖碑的人都会有一个奇怪的结论：埃及的圣物装点了欧洲的风景。

我的腿已经十分酸软和疲惫了。我对一切都失去了兴致。一头钻进楚利尼塔代孟第教堂，我就悄无声息地找了一个座位，眯起眼睛假装做起了弥撒。教堂里灯光昏暗，四周寂静无声。我身边有一男一女两位老人在静静地祈祷着。我终于扭不过困乏，闭上双眼打起了瞌睡。我的鼾声惊醒了自己，也惊扰了两位老人。

我看见两位老人慈祥地对我笑了笑。

在教堂读米开朗基罗

梵蒂冈最早只是罗马城外的一个小荒丘。它只是在公元 3 世纪君士坦丁大帝时才在圣彼得的墓地上建造了一座教堂。是文艺复兴让教皇的权力达到了顶峰。于是，教皇朱利奥二世下令设计再建新教堂，但好景不长，先后两位教皇去世了，工程依然停滞不前。

圣彼得大教堂真正的春天是从保罗三世任命米开朗基罗为首席建筑师开始的。

早先我只知道米开朗基罗是“文艺复兴三杰”之一，他的最为杰出的作品是雕塑《大卫》《摩西》、西斯廷礼拜堂壁画《创世纪》和《最后的审判》。我有幸在巴黎卢浮宫目睹过他的另外两件雕塑名作《被缚的奴隶》和《垂死的奴隶》。我被雕塑深深地震撼了，但我并不知道米开朗基罗还是一位伟大的建筑设计师。

米开朗基罗创作奴隶雕像的时间是 1513 年至 1516 年。那时，米开朗基罗正值壮年，身体里鼓胀着一种成熟的精气。他试图将那精气释放出来。他说，我的这双如饥似渴地寻求美的事物的眼睛，除了对美的事物进行沉思默想以外，再无别的办法。于是，我们便看到了米开朗基罗对灵魂与肉体表达的超凡意境，那似乎体现了他反抗压迫与渴求解放的思想意志。那是一种人企图摆脱石块束缚的拼命挣扎的状态，它表现的不仅仅是人的肉体挣脱，更是灵魂的挣脱和灵魂的爆发。

我轻轻地抚摸着《被缚的奴隶》，抚摸着他高昂的头和肩部与臂部结实而鼓胀的肌肉。爆发即将来临。爆发之后将是挣脱束缚，将是获得自由。我甚至从他那充满渴望的面部表情中看到了解脱后的安详。

米开朗基罗在我心中是超越任何一位画家的画圣。他的地位甚至超过了达·芬奇和拉斐尔。他作品中深邃的思想和磅礴的男性力量，是激励我成长的灯塔。那是我在9岁至19岁年龄段苦练美术绘画时的指路灯塔，虽然那时我只看到过他不朽的雕像《大卫》的照片。

《大卫》是米开朗基罗于1501年开始创作，用两年时间完成的惊世之作。它充溢着一股力透纸背的青春之气。青年大卫昂首挺胸、沉着冷静，并且有着结实丰满的肌体，似乎蕴藏着无穷的力量。大卫使得年仅27岁的米开朗基罗成了意大利的新宠和最负盛名的雕刻家，这成了文艺复兴时期划时代的重大事件。《大卫》也被奉为标准美男子的代言人和佛罗伦萨的守护神。

不过，在圣彼得大教堂里，米开朗基罗还是让我大大地吃了一惊。我在敛神屏气中窥视到了米氏另一个洞开的世界，那同样是一个让人肃然起敬的精绝世界。

1547年，70岁高龄的米开朗基罗依然神采飞扬激情四溢，对创作有着神奇的热情和灵感。他欣然接受了圣彼得大教堂的设计工作，又力排众议完成了这个全新的富于挑战意味的大教堂。

当时，米开朗基罗刚刚完成了一幅对他来说至关重要的巨型壁画《最后的审判》。那是一幅有200多个人物、200多平方米的巨型制作。那幅画几乎耗尽了米开朗基罗一生的精力和心血。在作画过程中，他不慎从脚手架上坠落，腿部严重骨折，但他还是用六年的时间完成了那幅举世震惊的大壁画。

1987 年，人们用最新技术对那幅大壁画进行清洗时，发现这幅 450 年前创作的壁画依然色彩艳丽、色调明快、气韵恢宏，几乎是一幅全新的画卷。评论家惊呼：这真是神来之笔！

米开朗基罗用他的刚毅完成了那幅气势磅礴的大壁画，那 2290 多个日日夜夜是一次奇妙的旅程，也是一次对自我人生的奇异审判。他甚至饶有兴致地将自己也画在了一个皮囊上，将自己融在了那暴风骤雨和电闪雷鸣之中。他随着那些升天的人们一起升腾，也鞭笞了那些表情惊惧、哀号入地的邪恶家伙们。他用毒蛇和锤头给邪恶者以有力的棒喝。

看着这幅硕大的壁画，我固执地想，米开朗基罗的确是西方美术史上一面鲜艳的旗帜，也是一座世界美术史上无法逾越的艺术高峰。

当然，圣彼得大教堂的总建筑设计师并不是好当的。他的前任桑迦洛以及一批搞专业建筑的人对他一直持否定态度。于是，他站在了风口浪尖上。他一边创作，一边与劲敌较量。这些劲敌联合起来发起了一个查办委员会，专门在米开朗基罗的鸡蛋里挑骨头。好在米开朗基罗对自己有足够的信心，也有足够的耐心和阅历。当然，懂得艺术的教皇给予了他无限的支持。不过，有教皇的支持并不等于就有了伟大的作品。这是常识。你必须有真才实学。

米开朗基罗绝非一般意义上的艺术家，他完美的设计终于撼动了世界，也感动了他的敌手，甚至桑迦洛。

迄今为止，圣彼得大教堂的圆形穹顶仍然是建筑界经典的霸主和教科书。这个范本在整个欧洲产生了极其深远的影响。

我仰望着这个高达 137 米的宏伟穹顶，思考着它是如何在晴朗天气里大规模兴建的。我似乎看到了一只巨大的雄鹰在天空中自由地翱翔着，眼睛犀利地闪着光。

这个堪称“世界教堂之父”的大教堂，总面积5万多平方米，可同时容纳6万教徒朝拜。在它空旷的大厅里，我感到了异常的静谧，攒动的人流静静的，他们收敛面容、悄声低语，与令人目眩的斑斓色彩形成了鲜明的反差，更与那金碧辉煌的四壁形成了强烈对比。珠光宝气的大教堂可能永远生活在安谧之中，所有光顾它的人都会节制而故作矜持地沉默。经典的艺术品放在教堂的墙壁上显然有点奢侈了。

大教堂的警卫据说永远是瑞士人。人们说，瑞士人严谨认真，还一丝不苟。他们穿的制服有些特别，是那种黑色无檐帽，橘黄色与黑色竖条纹组成的衣服，有点像庆典仪式的演员。其实，他们本来就仅有演员的功能。导游说，这些警卫的制服据说也是米开朗基罗设计的，它与瑞士人手中的长戟一样，已经在风风雨雨中站立了近五百年。

有一个响亮的名字

罗马的许多建筑似乎都与一个人有关。

这让我找到了进一步探寻的切入点。无论在圣彼得广场、圣彼得大教堂，还是在那佛纳广场、台伯河上的圣天使桥，抑或是雕塑《恍惚》和圣安德雷·库林纳教堂的大圆顶，都时不时有一个炫目的名字飞出，像一道强光刺激着你的眼球，让你不得不对他刮目相看。

最先震撼我的就是圣彼得广场的柱廊。那左右对称又宏伟壮观的气势着实让我吃惊。

于是，我追寻出了他的名字——贝尔尼尼，一位17世纪意大利的建筑设计师、巴洛克巨匠、雕塑艺术大师。

人们说，如果没有贝尔尼尼磅礴的柱廊、华丽的拱顶、鲜活的雕像和流畅优美的弧线，就没有细润缤纷的巴洛克时代，也没有罗马丰美华丽的今天。

柱廊曾经是古希腊巴底农神庙的骄傲。后来，古罗马人觉得它更能代表强大、奢华和蓬勃向上的罗马帝国的风韵，就拿来为自己所用了。

当然，罗马人的智慧是巨大无朋的，他们将这些立柱变得更加绚烂也更加罗马化了。

贝尔尼尼也是一个天才的普通人，在汲取了许多古典艺术精华之后，他又顺应文艺复兴大潮的冲击，创作出一系列恢宏又精致细腻的艺术品，让后人为之唏嘘。

其实，整个意大利在古希腊、古罗马艺术的启蒙下，又得益于拜占庭艺术、基督教艺术的熏陶，更有中世纪罗曼艺术、哥特式艺术的渲染，才孕育出了文艺复兴的辉煌，才交融出了巴洛克的热情奔放和浓郁华丽。有人曾经指责巴洛克是堕落瓦解的艺术，因为它过于追求豪华与享乐。可经过数百年的历险，巴洛克艺术正是以它的激情、浪漫和丰富的想象力，以它的跃动和变化阐释了它的灵魂，完成了它的杂糅和拓展。贝尔尼尼作为代表人物之一，留下了一批精华。

圣彼得广场柱廊就是贝尔尼尼的千古绝唱。它环状矗立在广场两边，像两排整齐而巨大的石柱森林，拥抱着硕大的广场，宛若上帝之手拥抱着它的子民。这些柱廊均由男人般的多利克式大理石巨柱组成，气势宏大，造型美观，而面向广场的石柱顶端都是神态各异的巨大雕像。这些巨柱共有 284 根。广场中间有两座晶莹闪亮的美丽喷泉，它们为庄重的广场平添了生动而欢快的气氛。从喷泉向两侧的柱廊望去，你会发现一个奇特现象。这前后四排巨型石柱，居然仅能看见第一排石柱。这恐怕就是贝尔尼尼的耐人寻味和匠心之处了。贝尔尼尼让你感到了优美、阳刚和华丽，又让你感到了整洁、韵律和诗意。

站在这森林般的巨柱旁边，你会觉得自己异常渺小。

当然，圣彼得大教堂里也会有巴洛克大师贝尔尼尼的作品，不然教堂就会显得缺少灵气。在教堂中央，有高达 29 米的青铜华盖，它由 4 根螺旋状的青铜巨柱支撑着，显得富丽堂皇。另一件华丽的艺术品就是镀金宝座——圣彼得大宝座。它们像一组炫目而熠熠生辉的巨大宝石，闪烁着迷人的丰韵。可以看出，大教堂内最杰出的陈设花落贝尔尼尼是众望所归，他的确有承载这种奇异美丽的能力。而教皇作为当时罗马的最高权力拥有者，也深谙艺术之道，帮助贝尔尼尼完成了这件举世无双的经典。今天看来，我们真该感谢教皇的知遇之恩，不然就不会有如此精美的大宫殿，以及大宫殿里不朽的艺术。当然，教皇想的肯定不是流芳百世的艺术，他希望在他的豪华宫殿里永远是人头攒动的虔诚朝拜者。

台伯河是区分罗马市区与梵蒂冈国的一条小河。河上有座古老的圣天使桥，如果你不经意，可能会以为它是一座新桥。其实，它最早建于哈得良皇帝时期。它于 1450 年重建，那漂亮的 12 尊天使雕像也是贝尔尼尼的作品。

我来到天使桥上，停下脚步，仔细地观察起桥边耸立的 12 尊天使雕像。天使们一个个神采飞扬、意态生动，飘逸的衣裙和飞带更飘出一种精湛和细腻，让我倾心不已。过后，我看到一篇介绍圣天使桥贝尔尼尼这组雕像的文章，说：那天使的裙带标志着巴洛克时代的最高水平。

领队发现我的兴趣点后，兴致勃勃地告诉我，你可以去那佛纳广场看看四河喷泉，它会让你终生满足。那才是贝尔尼尼精品中的精品。

我于是顺着领队的指点，来到了那佛纳广场。那是一个人头攒动的广场。说是广场，看起来并不太大，在中国它只能算是一个社区小广场。椭圆形的广场上聚集着街头画家、卖艺者以及更多的黑人小贩。

贝尔尼尼的《四河喷泉》和《摩尔人喷泉》就兀立在广场中央。四河喷泉边围着许多肤色各异的拍照者，他们拍下它，可能是想看到尼罗河、恒河、多瑙河、拉普拉塔河的河神的真实面目，也可能只是想在拍照中找到轻松愉快的感觉。

其实，这《四河喷泉》显得很夸张，它精致而活跃，把拟人化的河神表现得活灵活现而又意趣盎然。而《摩尔人喷泉》则颇具美感，水池中央立着一尊高耸的雕像，四周有一圈生动的戏水者，他们此起彼伏、相得益彰。

贝尔尼尼就是这样一个大艺术家，他的大理石造型似乎永远透着思想，他的华丽装饰似乎永远透着真情。当你走过他的作品时，你肯定会听到一种摄人心魄的来自天庭的悦耳之声。你会说，那是天籁的细润之声。

在遇到贝尔尼尼的《恍惚》时，我目瞪口呆地看着那从天顶射入的金灿灿的光芒，恍然大悟——光线原来是可以用手触摸的。

第四辑　黄昏的威尼斯

遇到商人安东尼奥

终于等到了商人满街跑的时代，我们周围充斥着胳肢窝夹着皮包的小老板。他们大多行踪诡秘穿着讲究，但又有些不合时宜。他们会神不知鬼不觉地窜进你的办公室，递上一支烟，然后取出一堆花花绿绿的推销品。这常常让我们感到反感和无奈。

威尼斯最早就是以商人形象显影在我脑海中的。那是 20 世纪 70 年代末，中国正准备改革开放。我被安排去党校（五七干校）参加一个宣传干部学习班。我那时很年轻，正值发奋的高潮期。第一次在校图书馆见到如此多的书籍，我很是兴奋，就日夜苦读。《莎士比亚全集》就是在那时读到的。于是,《威尼斯商人》就在我的脑海中留下了铁一般的烙印。那时，中国还没有搞市场经济，商人与小贩和投机倒把基本上属于一个阵营。

三十年后，当我走在威尼斯圣波罗区的里亚托桥旁的商贸市场时，忽然想起了威尼斯商人安东尼奥。在狭长的石板街道上，我似乎听到了来自遥远的 13 世纪的脚步声。然而，在拐了数个弯之后，我居然没有碰到一个行人。威尼斯小巷里一派死寂。悠忽之间，一个老媪蹒跚走来，脸上带着那种强烈的岁月皱褶。我觉得我已经走进了斑驳而古旧的威尼斯日常生活。

公元9世纪，威尼斯就已经成为西欧与东方的贸易交汇点了。虽然那时它依然被庞大的日渐没落的东罗马帝国控制着，但已经显示出了奇异的地中海贸易中心的核心地位。13世纪的威尼斯共和国进入了全盛时期。那时，这座横跨大运河的里亚托桥还是里奥托尔岛通往威尼斯的唯一陆上通道。在这个孤寂的通道上，行走着来自东方和中亚的黑发商人，也行走着浓眉淡发的白俄商人。他们在这个亚德里亚海边岛国尽开了眼界，腰包也叮叮当当的鼓胀起来。

威尼斯人熟稔经商之道。因为经商，他们脱离了拜占庭帝国；因为经商，他们鸟蛋般的岛国变成了偌大的交易市场；因为经商，他们变得富足殷实并且城池坚固；还因为经商，他们拥有了强大的海军，拥有了霸气和占有的欲望。

于是，威尼斯共和国开始垄断世界贸易，它似乎变成了漂浮在海涛之上的巨大战船。它甚至还有过统领更大疆域的妄想，并一度衍生出一批地理学家、航海家、旅行家和探险家或传教士。有一个叫马可·波罗的人就在东方古国大元朝滞留了很久。

《威尼斯商人》反映的就是那个时代的人文精神和人情世故。莎士比亚用羽毛书就的文字，依然那么清新、那么真切。善良诚信的商人安东尼奥，像一面飘扬在空中的旗帜，崇高而艳丽。我的崇敬之情永远是虔诚的。无论夏洛克多么阴险和狡诈，安东尼奥都尽职地履行着契约。这就是市场之道，也是社会生存的规则。安东尼奥诚信经商的气血让我肃然起敬，我在威尼斯幽深的街巷里久久地寻找他那温馨的气息。

安东尼奥为朋友巴萨尼奥的爱情而借款被夏洛克暗算的故事，早已成为几百年来文学界传颂的经典，但它却总也跑不出人们重复效仿的圈套。漫漫商海总是重复显现着过去悲愤的故事。莎士比亚在文艺复兴思想的熏陶下，多少是站在了刚正不阿的崇高立场上，他所创造的美人鲍西亚，更使得这个感人至深的故事充满了瑰丽和温情，也充满了亚得里亚海柔和缱绻的阳光。

水城威尼斯开始给我的印象并不是这样一片潋滟碧波，它狭窄的街道和静静的水巷总给我一种生疏感。但只要一想到莎士比亚作品中的安东尼奥，这种生疏感就悄悄地消失了。安东尼奥给了我一种由衷的亲密感，这种亲密感拉近了我与威尼斯的心理距离。

我不再忐忑不安。

在这条被 15 世纪法国大使称颂的“世界最美的街道”徜徉，果真有一种富商大贾的满足感，更有一种国王炫耀自己奢华的自豪感。这一幢幢华丽的宫殿和庄严的教堂，大都是用白色大理石或蛇纹石修筑的，有

作者在威尼斯海边游船上

相当一部分还镶嵌了珍贵的宝石或镀上了金边。可以想象，在中世纪威尼斯共和国的豪华盛宴里，时常走动的都是身着东方丝绸或裘皮大衣的美貌夫人或佩戴贵重珠宝与短剑的略显彬彬有礼的使者。当然，他（她）们是否有安东尼奥和鲍西娅一样纯净的心灵就另当别论了。

不过，稍加观察，你还是能分辨出那些斑驳的墙壁与光滑的石块中露出的破绽。威尼斯无论如何掩饰，都已经无可奈何花落去，华贵的背后是岁月的沧桑和流逝的茫然。总督头顶价值连城的珠宝时代已经一去不复返了。

但是，威尼斯商人还在。

我走进一间不大的商铺。这是一间摆满各种工艺品和油画的专卖店。一个显得肥胖敦实的汉子走了过来，他的动作有些迟缓和慵懒，但脸上看不出商人的油滑和奸诈。

我看上一尊漂亮的玻璃器皿，它带有中世纪威尼斯独特的水域风格。我爱不释手地观察了很久。肥胖汉子终于开口说话了，他说：这个……他用汉语说着，并且用手比画着。领队结结巴巴地翻译说，他说这器物可以卖给你，这是最好的工艺品，但你没法带回遥远的中国——瓷国。他还说，我建议你买这件威尼斯画派风格的油画，我只收你20欧元，我可以让利的。

我略有感动地接过装饰考究的油画，仔细端详起来。这确实是一张具有文艺复兴遗风的油画。安谧的威尼斯街巷倒映在五彩斑斓的水影里，显得宁静而忧郁；高耸的教堂穹顶泛着熠熠的亮光，似在接纳人文主义思想的辉耀。它看起来酷像16世纪威尼斯画派的领头羊、架上绘画的先行者——乔尔乔涅的画风。那风光自然得体，色彩明丽，构图新颖，让我一见倾心。

我生硬地说，乔尔乔涅。

肥胖汉子惊愕地瞪大了眼睛，然后兴奋地笑着点头，连连说，乔尔乔涅，乔尔乔涅。于是，结果就更令人惊奇了。他无论如何只收我 10 欧元，还搭配给我一件水晶材质的贡多拉小船。他实在地用包装袋给我装好，就像遇到知己老友一样，并且连连用汉语说：纪念！纪念！

我感激地看着肥胖汉子，手握油画和水晶小船，眼眶里聚集起一股浓浊的湿润。

多么朴实的威尼斯商人！就因为我知道一个多少有点古旧的、名叫乔尔乔涅的画家。

离开那个市场很远了，我还忍不住回头看了看那间不大的工艺品商铺。我知道，这间商铺里有一个可以倾心相交的肥胖的红脸汉子，他就是当今的威尼斯商人安东尼奥。

马可·波罗的小船

马可·波罗是中国人最熟悉的威尼斯人。

我不知道是巧合还是有意安排。生活在公元13世纪的威尼斯人马可·波罗，曾经是元世祖最得意的大臣，他万里迢迢来到中国，经历了凶险和曲折之后，居然在元朝的宫中任国家公务员达十七年之久，官位甚至混到钦差大臣。可真真切切，今天威尼斯的核心行政区就是圣马可区和圣波罗区，拼起来恰巧是“马可·波罗”。

这就使得威尼斯与中国和中国人的思维有了一种特殊的定向情感。不管别人如何看待，至少在我的中枢神经系统，总是有一种亲切而又无法掩盖的联想。

当年，马可·波罗跟随父辈经叙利亚、美索不达米亚，穿伊朗高原、中亚细亚、翻帕米尔，过塔克拉玛干沙漠，以开发探秘为由企图向遥远的东方传播西方的文明与进步，不想到达中国大元朝后，却被泱泱大国元朝的文明给融化了。当他亲眼看见元世祖忽必烈的雄才大略得以实施，当他又亲眼看见这个文明古国的中原人、蒙古人与其他地区的人都在友好和谐地相处，当他看到繁荣的元大都北京、美丽的都城杭州以及由美丽风景孕育出的善良忠厚的人民，他的双腿就再也迈不动了。他没法抗拒自己的心，更没法拒绝这个优美而强盛的国度。

于是，他留在了元朝。于是，他成了中国通和来自亚得里亚海的友好使者。

七百年前的马可·波罗在杭州的美丽大街和西子湖畔忘我地孤赏着美景。马可·波罗说，杭州是世界上最华贵的快乐之都。马可·波罗还说，杭州城拥有3000个澡堂。

我曾读过上海商务印书馆1937年版的《马哥孛罗游记》。那本书中记录了旅行家马可·波罗于1275年至1291年在中国任职并游走的历程，既客观又有所渲染，尤其是记录了元朝的物产、交通、贸易及珠宝、香料和发达的盐业，还有奉使云南、福建，逍遥印度、爪哇的诸多细节。

在扬州任职对马可·波罗来说是一件美差。明媚的春天里，扬州的二十四桥人头攒动，吴公台和大明寺都显得英气勃发，行走在这样明丽的石板林荫道上，陶醉在这样歌舞乐舞丰盛的粉色酒楼上，马可·波罗萌发了一种久违的心驰神往感。这种心驰神往感是他在威尼斯的小巷里无法得到的。他于是觉得扬州使他销魂，更使他高贵和充满想象。但是，经过三年的才华展示与三年的曲径通幽，居然又打磨出了马可·波罗继续提着行囊远行的更大抱负。于是，他开始了新一轮踏遍元朝的神游。

当然，马可·波罗的传奇经历均来自《马可·波罗行纪》。我们有理由也有必要相信那些都是事实。一个遥远国度的使者，无论他出于何种目的，也无论他怎样的夸大其词，我都相信，强悍的元朝的确让马可·波罗终生难以忘怀，他于是才会以云雾缭绕又缠绵旖旎的笔调去描绘他曾经热爱也给他留下诸多回忆的地方，才会在狱中艰苦的环境下书就他视为圣物的东方大国。

大约当年的威尼斯也是繁华和强盛的，不然马可·波罗也不会重回他的故里，也不会重回生他养他的狭窄的巷道、重划他为之情有独钟的贡多拉小船。

今天的威尼斯显得有些凄凉和衰败，像风烛残年的老者。它的中心城区圣马可区与圣波罗区，早已失却了当年的精彩，有些西山日落余晖尽的感觉。

威尼斯没有宽阔的陆地大道，只有宽阔的水上大道。在威尼斯窄窄的石头巷子里，夕阳总是早早地光顾那些背景模糊的墙壁，而墙壁上那些古老的历史痕迹，又被反射在背景同样模糊的水道里，水道里的波纹于是更加模糊。于是，水道就变成了一幅粗粝的印象派油画。

在这幅印象派油画里，突兀着一条奇异的小船。它就是贡多拉小船。

贡多拉，一种只有威尼斯可以独享的奇特小船。它是从久远的历史长河中划桨而出的别样船只。它细细的船体与平平的船底，只配在威尼斯这样幽深的水道里滑行，只配在威尼斯这样被迷离的石墙和五彩的楼房黏滞住的运河里穿梭。

我踏上一条装饰豪华的贡多拉小船。它的船体黧黑，但内部装饰却充溢着炫耀的意味，豪华舒适的座椅，闪着金光的船沿，意趣盎然的鲜花，还有漂亮的显得有些笨拙的船桨。经过年轻的船老大介绍，我才惊奇地发现，原来贡多拉并不是一般结构的平衡船，它左边小右边大，船首微微向右倾斜，但船身却是水平的，坐在船里的人没有倾斜的感觉。其实，它是一种隐藏着平衡科技含量的独特小船。在贡多拉小船上，你看到的永远是划船者站在船尾左侧、船桨在右侧的固定景观。而小船尖尖翘起的两头，也永远似两柄锋锐的利剑，直刺向长空。

只有得天独厚的威尼斯才会孕育出这种适合水城窄巷划动的贡多拉小船。

年轻的船老大们并没有被亚德里亚海的阳光和海风弄得黝黑，他们看上去更像一个个刚刚走出大学校门的学生，干净而阳光，一点没有昏黄小巷里的古旧和阴郁。他们有时还会三三两两地高声喧闹一阵，仿佛不是在挣钱糊口，而是在水巷的迷宫中玩耍。从他们年轻的面容上，能读出一种轻松自足的充实情调。

坐在贡多拉小船上，我静静地观赏着游动的街景，宛若走进了古老沧桑的过去。我看见被海风吹得很旧的窗棂干涩得龟裂着，被海水浸泡过的石墙泛着暗绿色的苔藓，并且裂隙中偶尔会伸出一些细碎的绿草，还有水中密集地排列着的木桩，更让那种匆匆掠过、数不胜数的陈年旧景组装出一个个枯槁而神秘的故事，使人过眼不忘。是的，这是一座用木桩支撑起来的城市。木桩上不仅站立着庞大的城堡、宫殿，也站立着拥有一千六百年历史的威尼斯人的后裔。

当今社会，水城威尼斯被人们无限制地模仿和挪用，并且组合出了诸多新的威尼斯名称的变称。可威尼斯的市民们似乎并不介意，他们依旧悠然自得地划着桨、摇着橹，目光闲散而又充满希冀。他们并不与盗用、挪用或模仿他们城市名称的人们互争高低，他们似乎知道，威尼斯的本质和内涵是别人永远盗不去的。

不过，迄今为止，没有谁模仿过贡多拉这种奇特的小船。即使当年见多识广的马可·波罗，也没有把小船贡多拉引入中国的杭州或者扬州。

现在看来，马可·波罗是个懂得风情民俗又懂得社会发展规律和法则的威尼斯使者，他的聪明导致了贡多拉小船的继续存活。

圣马可区与圣波罗区那八千多只贡多拉小船永远是威尼斯城里的独特风景。

水漫广场

威尼斯的圣马可广场是我见过的广场中最诡异的一个。

多年以前，它可能与其他城市的广场没有什么区别，但现在却大大不同了。它肯定是世界上唯一一个在广场多彩的地面上架设了临时走道的奇怪广场。

这个临时走道要比广场地面高出六七十厘米，准确地说，它其实就是用比长条凳更宽一些的众多条凳组接起来的临时人行道路。

刚开始，我们谁也没有在意这个特殊的长长的高架道路。

圣马可广场的美丽无与伦比，谁都会既沉浸在那种充满庄严和韵律的崇高之中，又被它的华丽和多彩弄得心情闲逸起来。它有高耸挺拔的石柱，有振翅欲飞的青铜翼狮，还有和谐与严谨的长廊，更有文艺复兴的激情和拜占庭镶嵌的精美与奢华。而圣马可教堂与圣马可钟楼又为它平添了一种旷远的巍峨。

你会觉得威尼斯很幸福，它居然会在海湾里成长，居然会有诸多的神话传说，居然还会给人那么多神秘兮兮的感觉。美丽的威尼斯显得孤傲、圣洁、五彩缤纷，又显得斑驳、凄婉、亦真亦幻。

在这样丰润多彩的广场上漫步或者接受阳光的抚慰，或者只是闲适地与鸽群交流片刻，你就会觉得惬意和优雅。

在这个欧洲最瑰丽的广场上，1797 年拿破仑曾踩着它的石块，用那种恬然的目光注视着圣马可大教堂，流露出一种久违的眷恋之情。他想，我应该在这个瑰丽的广场上留下些什么，不然就对不起这令人迷幻的威尼斯。于是，就有了拿破仑企图在广场上建一尊自己雕像的传说。不管这个传说是否真实，它总是带有某种不可言喻的指向和内在意蕴。我们从这个带有霸权主义色彩又唯美的传说推开去，就会感到，圣马可广场的确是一个可以把任何伟人都挽留在心间的惊艳广场。

在广场上，我内心里有一种冲动。稠密的人流似蚂蚁一样踩踏着圣

作者在威尼斯圣马可广场

马可的大地，这些蚂蚁表情古怪又让人捉摸不定。我想，这或许就是喜爱与妒忌交织在一起的内心感受的传递。

12 世纪至 14 世纪，那个众心向往的强悍的威尼斯，在这个广场上尽显了风流。从圣马可广场这个总督天天迈着方步呵斥部下的地方，向外伸展出一张巨大无形的手，这只手带着水巷的冷峻和华丽，带着岛国船夫们沙哑的叫喊声，扩张到了君士坦丁堡，也扩张到了欧洲大陆。曾经显赫一时的文明古国希腊，也一度臣服在威尼斯的脚下，乞求给它以保护和支持。

其实，这广场只是一个不太大的广场。如果与当今中国雨后春笋般矗立起来的众多广场相比，它甚至还不如一个穷困交加的小县城的广场宏大。

有人说广场是城市的心脏，也有人说广场是城市的肺。这两种说法我都赞同，不管是心脏还是肺，都是人身体上十分重要的器官，缺一不可。

圣马可广场其实仅有 57 米宽、176 米长，但它的气概似乎无法用长宽来丈量，它的奇异更无法用现实数据来堆砌。一个很小的广场完全可以有雷鸣一般的巨大声誉。

这个广场的鸽群历来有良好的声誉和口碑。圣马可广场的鸽群可能是人类最亲近的朋友了。成群结队的鸽子总是友好地围在你的周围，拥戴着你抑或争抢你手中的食物。它们甚至会落在你的头上、肩上及手臂上。在其他拥有鸽群的广场，你可能难得看到这种场景。

为什么这里的鸽子会这样？我问。

因为四周都是大海。导游回答。

我觉得导游的回答准确，但不全面。是的，大海可以让鸽群缩小活动范围，但大海肯定不是鸽群与人类沟通的原因。我也曾到过一些四周被大海包裹着的城市，可那里的广场鸽群总是与人类拉开一定距离。

这时，广场地面开始向外溢水。

我惊讶地四处张望。

水从广场的地下，准确地说是从下水道的进水口里如泉水一般涌了出来，而且是整体往上涌。

人们惊叫着逃遁，并且开始寻找可以栖息的高地。鸽群与人们同时拥挤在了一块块岛屿般的干地上。有胆大的鸽子干脆就落在了行人的肩膀或手臂上。

水越来越多，直到广场几乎找不到一块可以落脚的地方。鸽群开始飞到教堂顶端，以及总督府拱门的沟壑间或裸露的窗台上。

水终于淹没了广场的所有地面。

人们也终于在一阵纷乱之后，登上了那一排排长长的高架的临时走道。站在高架路桥上的人们组成了一条黑压压的长蛇，弯弯曲曲地伸向远方。这时，人们惊慌的表情变成了欢笑。这种欢笑是经历了恐慌后内心平安的欢笑。

我也登上了临时高架道路。

那高架路虽然不宽，却显得很结实。

人们开始在高架上有秩序地游动。

在圣马可广场这个临时高架桥道上，我有生以来第一次领教了真正意义上擦肩而过的感觉。一个敦实高大的男人迎面走来，我们相互友好地扶了一下对方的身体，交换了位置，然后继续前行。接着，一位艳丽的金发女郎款款走来，并且飘溢出一股浓郁的香水气味。我被气味给弄蒙了，几乎忘记了如何交叉换位。过后我想，那一定是香奈儿 5 号的清香。

不知早先威尼斯有没有这种现象，可今天的圣马可广场却在海水的不断涨潮中经受潮起潮落的煎熬。

21 世纪的亚得里亚海像一个凶猛而疯狂的野兽。它的海水可能随时会从广场的沟沟坎坎里涌出来，淹没人们赖以生存的美丽环境。海水淹没广场的时候，广场就变成了一个个小动物的游泳场。当潮水退却之后，广场依然是一片华丽和苍茫。

但是，这个周而复始水淹广场的游戏总有一天会结束，海水也总有一天会蓬蓬勃勃吞噬掉广场的一切。

圣马可广场在某年某月某日可能会变成未来人类怀念往昔轶闻的思念场。

第五辑　迷彩的巴黎

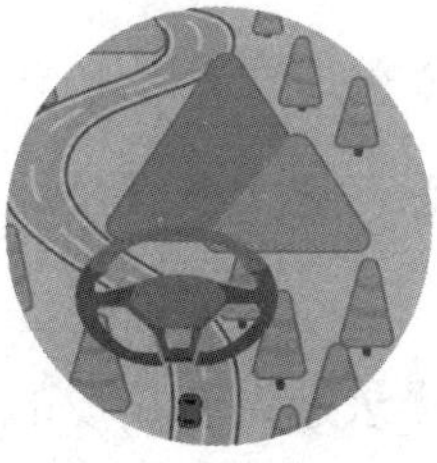

门面建筑

巴黎是一个大气的城市。它的大气多半是由于它有许多美轮美奂集历史与艺术于一身的标志性建筑，有许多震撼人心的融思想与情感于一体的作家、艺术家，还有许多引领现代潮流的令人眼花缭乱的时髦感觉。于是，巴黎的阳光、巴黎的夜色、巴黎的梦境、巴黎的闲散和漫不经心都被神话了，变成了一种所谓现代人追逐的浮华和小资情调。

巴黎也许果真有这样的资格。当你踯躅在协和广场，酸涩地抚摸着四千年前古埃及的方尖碑，当你踩踏在由凯旋门延伸开去的太阳状星光大道上，当你徜徉在埃菲尔铁塔下的草坪上，与鸽群和野鸭一同嬉戏时，你或许真的会紧锁眉头感慨：巴黎，一个背景混沌纷繁现实又丰润迷茫的地方。

由于巴黎独特的气候条件，秋天的金黄与纯净的空气会带给你怡然的心境，更会使你产生沟通的欲望和愉悦的心情。我想，这大概就是那种因环保而带来的健康心态吧。

我们乘电梯登上了埃菲尔铁塔。那些排着长蛇一样永远没有止境的队伍的参观者，是我这些年在国内也很少见到的景观。那些穿着五颜六色服装的老外，携老带幼，也和我们一样有着饱览风光的好奇和欲望。在这个耸立于塞纳河畔、建成于1889年、高达320米的钢结构建筑上，我眺望着壮美的巴黎市景，隐约感受到设计者埃菲尔曾经说过的预言："我会为铁塔吃醋的，铁塔会比我大大的出名！"是的，今天的人们恐怕只知道埃菲尔铁塔，却不知还有一个叫埃菲尔的人。据说，我很敬仰的一百年前曾以《羊脂球》出名的法国作家莫泊桑曾是铁塔的反对者，这让我很是迷茫。铁塔那精确的计算、奇妙的设计和非凡的气魄，真可谓是人类建筑的经典。它的出现，改变了人类建筑的思维空间，更引发出一系列建筑理念的革命。

从铁塔三层平台向远望去，烟灰色的巴黎尽收眼底。那一幢幢有着各种政治和历史背景的建筑，也随之映入我的眼帘。那精雕细镂的总统府爱丽舍宫，那屹立于香榭丽舍大街星形广场上的凯旋门，那塞纳河西岱岛上的哥特式教堂巴黎圣母院，那象征着法国法律的波旁宫，还有酷似现代化炼油厂的神奇建筑蓬皮杜艺术中心和著名的塔楼蒙帕纳斯大厦，都静静地伫立着，悠远而凝重。当然，更令我振奋的是巴黎新区现代化高层建筑区——拉德方斯。那一座座高耸的摩天楼，正巧与我的视线在一个平行的高度上，很像一片横空出世的现代化大积木。

拉德方斯是20世纪50年代开始兴建的现代建筑群。在巴黎这有着浓郁中世纪遗风和文化积淀的古老都市里，建设一座全新的现代城，本身就是一种极大的挑战。这挑战说穿了就是摆脱罗马式、哥特式约束的心理革命。这需要胆识和激情。法国人最终赢得了这种美誉。巴黎似乎就是在这样一种浪漫的吸引和愤怒的声讨中，稳健地创新发展着。

1992年，我在拙作《筑巢》中描写过，中国建筑设计师岳德明考察过这个巴黎拉德方斯新区，他对拉德方斯的评价是：高贵。多年之后，我来到拉德方斯。它其实远远比岳德明设计师的评价更加气势磅礴，并

作者在巴黎埃菲尔铁塔前

且洋溢着现代气息。笔直线条组成的高楼被一幢幢反射着亮光的玻璃幕墙包裹着，高架的路桥缠绕在楼宇中间，更像一条条丝线缝缀着一串串透明又多棱的珠宝。在我的一再要求下，领队在第二天清晨终于挤出时间安排我们去了巴黎新区。我看到了在图片上无法看清楚的新凯旋门那100米高的大门洞里象征“白云”的奇特天幕，它其实更像一顶硕大的帐篷。与这座新颖现代的“世界之窗”遥遥相望的，就是那更为著名的矗立于星形广场上的凯旋门。

20世纪风靡世界的现代建筑热潮，在拉德方斯尽显风流和主体脉络。那种自由灵活和清新简洁的风格，在古典哥特式、巴洛克式、洛可可式建筑华丽繁缛的中世纪海洋里，无疑是一个奇迹。难怪有相当数量的巴黎人对拉德方斯持不屑一顾的态度，他们宁愿蜗居在传统的老式房间里吃蜗牛，也决不去那里的布朗克大厦或是菲亚特大厦的酒吧喝高档香槟。他们憎恶钢筋混凝土与玻璃幕墙组合出的所谓现代森林。但是，实实在在的巴黎又以一种博大的胸襟包容了这些钢架水泥材料，并且心悦诚服地接纳了它。

有人说，巴黎的美就是这种新旧争论的结晶体。如果众口一词，巴黎也许就不是今天这个丰富浪漫的巴黎了。世界著名艺术圣殿卢浮宫在扩建过程中，也经历了这种褒贬不一的境遇。美籍华人建筑大师贝聿铭，用他独特的构思征服了当时的法国总统密特朗，也征服了众多挑剔的法国人，他的通体透明的金字塔建筑，最终成了卢浮宫的组成部分，融入了巴黎那富于变化又内涵丰腴的城市氛围。这也许恰好反映了法兰西民族的浪漫本质，它的包容和讲究艺术品位、它的狂想和庞杂的理念繁衍出了这种奇特的令人回味的思索。

入夜，埃菲尔铁塔被炫目的灯光照射得晶莹剔透，如一枚闪闪烁烁的灯塔，矗立在夜巴黎的繁华之中。而那新近安装的电子闪光灯，又为本来就辉煌的铁塔增添了一种华贵感和现代感，令人流连忘返、心旷神怡。这种在固定时间内闪闪烁烁的电子闪光效果，当地人俗称“铁塔跳舞”。为了等待这跳舞时刻的到来，我们一行在塞纳河游船上，迎着夜巴黎深秋干冷的寒风，穿梭于古老的新桥、亚历山大三世桥、米拉波桥、阿尔玛桥和大宫、小宫、夏约宫、拿破仑墓以及巴尔扎克故居、圣保罗教堂的匆匆晃动的身影中。当然，我们如愿以偿地观赏到了它闪烁的奇妙。

凯旋门比我想象的要高大壮实多了。它大得出乎我的意料。我原本以为它就像我国古代的城门一样，在17世纪的法兰西军队凯旋时，有四轮抑或八轮战车通过足矣。其实不然，这座门居然高50米、宽45米，其规模之大，让人震惊。北京的正阳门，俗称前门，曾经是明清两代北京内城的正门，已有500多年历史。它在我心目中是精美绝伦的建筑，它的城楼与箭楼前后呼应、相得益彰，在我心中是一座高大宏伟的建筑，但它也只有42米高。当然，我知道，这是两座完全无法相提并论的大门，它们的风格差异太大，我只想通过这个数字来提供一种形象的对比。

曾经叱咤欧洲大陆的拿破仑·波拿巴，在登基后不久，就下令建造这座凯旋门。其实，他的创意来源于古罗马的典章制度。古罗马人为了迎接出征归来的将士们，专门修建了这种纪念性建筑。后来，我们在意大利罗马参观时，就亲眼看见了古罗马的君士坦丁大帝凯旋门。我以为这两座凯旋门的建筑风格是相近的。当然，巴黎凯旋门的确有一种神圣、庄严和大气之感，是君士坦丁大帝凯旋门无法比拟的。拿破仑可能做梦也没想到，滑铁卢战役失败后，他居然开始了二度流放生涯。在大西洋的一个叫圣赫勒拿的荒岛上，他度完了余生。好在拿破仑的骨灰终于在他死后的第19年被后人在隆重的庆典炮声中运回巴黎，堂而皇之地穿过凯旋门那高大的拱门。这故事多少让人有些酸涩，但最终拿破仑的理想实现了。

这座凯旋门所蕴含的东西，似乎远远超越了拿破仑时代的范畴。象征法兰西民族精神的《马赛曲》浮雕，仪态生动，形象肃穆，给人以激励和鼓舞。庄严的大拱门下，有一盏长明灯在喷吐着红红的火焰，每天都有许多鲜花摆放在它的周围。这是后来建的一座无名烈士墓，是为了纪念在第一次世界大战中牺牲的普通士兵。因此，这座巍峨的凯旋门早已升华为法兰西民族荣誉的象征。于是，我以火炬为近景，以香榭丽舍大街为远景，默默地拍摄了一张肃穆的照片，以示对无名烈士的敬仰和纪念。

艺术经典

巴黎是一座艺术之都。这不仅因为它风流华贵和珠光宝气，更多的是因为它有数不清的文学、戏剧、美术、雕塑等艺术遗产和数不尽的艺术大师，以及巨匠们组成的庞大王国。如果你稍事回忆，就会为她的博大精深而倾倒，甚至难以自拔。

就文学而言，莫里哀嘲讽现实的语言曾是那样的机敏和生动，伏尔泰在巴士底狱书就的《欧第伯》是那样的悲凉，卢梭在《忏悔录》中的自我忏悔是那样富于哲理，司汤达的《红与黑》折射出的灵魂与欲望是那样的让人震颤，巴尔扎克揭示社会生活的视角是那样的深刻与犀利，还有罗曼·罗兰、莫泊桑、福楼拜、大仲马、小仲马及现当代作家萨特、加缪、阿达莫夫、让·日奈，等等。在艺术世界，更有罗丹的《艺术论》、安格尔的《泉》、席里柯的《梅杜萨之筏》、德拉克洛瓦的《自由引导人民》、塞尚的《大浴女》、莫奈的《印象·日出》、马奈的《草地上的午餐》以及野兽派代表马蒂斯的《舞蹈》、立体派创立者毕加索的《格尔尼卡》，等等。这一长串令人心动的名字和精品力作，是多年来我一直崇敬与膜拜的。

细雨霏霏，巴黎笼罩在一种阴郁的氛围之中。我打着雨伞站在巴黎的发源地塞纳河西岱岛——巴黎圣母院门前广场上，斑驳古旧的石块地面泛着灰白色的光。高大神秘的哥特式教堂显得凝重而坚毅。石块垒砌的墙壁被细雨冲刷出一道道不规则的曲线，似一道道流动的花蛇，跳着那种中世纪的宫廷舞。蓦地，有一种游移于八百年前的庄严感悄悄地爬上我的思绪。公元 1163 年深秋，一个有着强健肱二头肌的汉子，背着一块白色的大理石，步履蹒跚地蠕动着。我似乎走进了时间隧道的另一头，与这位有着强健肱二头肌的汉子进行着心灵的沟通。是的，这座庞大的教堂居然建造了一百八十年。那是什么概念啊？那就是说，这位汉子从背石块的第一天起，就注定了要天天背石块，更注定了将累死或病死或被折磨死在这教堂的建造之中。我不禁打了一个寒战。一个强健的肱二头肌就这样在一项工程中，变成一个皱褶起伏的干瘪的二头肌。不过，这幢坚实的没有时间和效率观念的老房子，的确矗立了八百多年，而且是真正意义上的精品工程。这又使我不得不想到今天我们那些急躁的政绩工程，从设计开始就是焦灼和急功近利。我想，我们真该用一种从容的心态来面对日新月异的世界，来遏止浮躁、创造精美。

巴黎圣母院真真切切是一座劳动人民用骨骼和肌肉垒筑起来的心血建筑。它的完美的外形和虚实相间的典雅线条，远远超越了它作为一个大教堂所承载的内涵。难怪浪漫主义大师维克多·雨果给自己起了一个伟大的名称“思想家”。在欧洲众多的大教堂当中，巴黎圣母院的名气恐怕不是因为它宏大的哥特式尖顶，也不是因为那线条轻快的尖形拱门，更不是因为那象征耶稣的令人惊叹的巨大花窗的绚丽光影，而是因为有了维克多·雨果那潜藏在作品中的深邃的思想与文化。

雨果的《巴黎圣母院》与眼前的巴黎圣母院果真一样吗？我自问着。我试图找到它们之间相通的东西。彩绘玻璃窗讲述的《圣经》故事与美丽的吉卜赛女郎爱丝美拉达、道貌岸然的副主教克罗德、敲钟人卡西莫多相互交织在一起，显得夸张而奇异。天真和善良、丑陋和罪恶、禁欲与压抑、人道与崇高……组合出一幅浪漫而绮丽的画卷。似乎浪漫巴黎的真正出处就是这部宏伟的充满浪漫主义色彩的《巴黎圣母院》。

雨果发表《巴黎圣母院》是1831年，他描述的是比他生活早三百多年的1482年的故事。故事里的人物于是就多少有些浪漫了。爱丝美拉达肉体完美、灵魂脆弱；卡西莫多肉体丑陋、灵魂善良；克罗德是神权代表，灵魂却肮脏。于是，我静静地注视着大门上方壁龛里排列着的28座国王雕像，他们静静伫立着，我却以为他们的内心深处是不平静的。雨果真正的贡献，可能就是将这样一座平静的石质的圣母院变成了一座喧闹而充满灵性的精神的圣母院。

在巴黎敞开的胸襟里，当你从巴黎圣母院这个巴黎中心走开去，你会为那么多文化精英和遗产感到惊诧。那大约就是所谓的浪漫和标新立异组合所提炼出来的精神产物。可以想象，在那样一种中世纪封建幽灵消遁的氛围里，史诗和行吟诗人、文艺复兴的人文思想和15世纪的普罗旺斯画派，以及君主们醉心于意大利的绘画繁荣和弗郎索瓦一世与路易十四的高雅艺术，洛可可风格和印象主义画派，都袒胸露背而真实地摆放在一个硕大的平台上，这本身就是一件令人心仪和神往的事。难怪恩格斯对文艺复兴的评价是“人类从来没有经历过的最伟大的、进步的变革”。

据说，现在巴黎有90多座博物馆、480家画廊，除了最著名的卢浮宫、罗丹美术馆、奥赛艺术馆、蓬皮杜艺术中心、雨果博物馆、巴尔扎克故居、毕加索艺术馆等世界顶尖艺术殿堂之外，还有当代艺术博物馆、人类博物馆、法国国立工艺博物馆、吉梅东方艺术博物馆、海洋博物馆等，以及围绕在美丽的塞纳河左岸区或右岸区的琳琅满目的艺术画廊。它们时隐时现地传达着当代艺术的动向与发展脉络。它们或多或少地引

作者在巴黎圣母院门前

导出一种艺术家、收藏家、经营家此起彼伏的艺术观念和艺术价值，使众多的绘画、雕塑、陶艺、古董，时而变得光彩夺目，时而又遭受冷落，被搁浅或被尘封。

圣·路易岛也是巴黎塞纳河一个古老优美的小岛，是雨果曾经描写过的巴黎主教封地。塞纳河缓缓地围绕着它，河中倒映出一座座中世纪风格的建筑，更似一幅幅印象画派的油画，透着模糊而多彩的气息。而圣·路易岛画廊区就在岛中心的步行街上，那些古色古香的门面与精致典雅的工艺仍旧吸引着当今游客探求的目光。它就是深藏且隐蔽在小巷深处的一隅艺术天堂。在这里，人们会冷不丁地筛选出一幅巴比松画派的精品，也时常会有人为一张据说是某某大师的作品而争执不休。领队说，前段时间，就在这条小巷里，有人在谈论一幅据说是梵·高真迹的油画，价格并不是很高。我们在巴黎时，正巧赶上梵·高诞辰150周年，巴黎的画家与荷兰的艺术家分别举办了多种庆典活动，甚至有人用他的著名作品《向日葵》组装了主题花车。《向日葵》曾经以3890万美元的拍卖价震惊世界，使得梵·高的知名度如日中天，后来就有了其作品《加歇医生画像》8250万美元的拍卖天价。现在"梵·高狂热症"仍然有增无减。于是，在百年不遇的纪念热潮中，梵·高那逼人的色彩和颤动的线条燃烧出了一个红彤彤的艺术世界。媒体上有人发出感叹，说这一年西欧的绘画界"似乎沉浸在梵·高的呼吸之中"。

真正让我折服的还是卢浮宫。那博大的气魄、丰盈的内涵、深厚的积淀和艳丽的色彩都使我心潮澎湃、热血沸涌。

我们用廉价的5欧元就轻松地进入了这当今世界著名的艺术宝库。那稠密的人群与如织的人流，会给你一种误入集贸市场的错觉。在这里，早先那些朦胧感，会与那攒动的人头一同被聚焦到一个个画框或灯光散射下的艺术品上，让你不得不流露出神圣而理性的神情。

据说卢浮宫起建于12世纪末，曾经是一个用来存放王室档案和财宝的地方。16 世纪文艺复兴时期，弗朗索瓦一世大兴土木，把城堡改建成一座花园雅致楼宇成片的皇宫。后来又经几代国君的改建，终于形成了今天这种气势恢宏的格局。路易十四热衷于凡尔赛宫，才使得卢浮宫变成了画家和艺术家粉墨登场的舞台。于是在 1793 年，它被开辟为国家美术博物馆。它以收藏艺术精品享誉世界，又以自身就是一座艺术建筑而典范于后人。它壮丽的柱廊、华丽的塔楼、精美的雕塑和堂皇的陈设，都显示出精湛和皇家气魄，尤其是法国古典主义柱廊，那严整和谐的秩序感和韵律感，被誉为法国理性的巨大成功。

20 世纪 80 年代初，密特朗就任总统后，实施了振兴文化遗产政策，开始了卢浮宫的改建工程，亲自遴选了美籍华人建筑师贝聿铭，并请他做了改建设计。贝聿铭以超凡的胆略构思出一座透明玻璃金字塔，既美观，又保证了卢浮宫主体不变，它们浑然一体、相辅相成。于是，法国人慷慨地耗资 20 亿法郎，完成了贝聿铭的设想。当我这个观赏者在完全通透的金字塔大门前留影时，着实有一种激动和民族自豪感。

卢浮宫有 40 万件藏品，分设古埃及艺术馆、古希腊馆、伊特鲁利亚和罗马艺术馆、古代东方艺术馆、绘画艺术馆、雕塑、素描作品馆、工艺美术品馆等，有 220 多个陈列厅。相关记载说，卢浮宫的收藏是从弗朗索瓦一世开始的，无论是亨利二世、亨利四世还是路易十四，甚至拿破仑，都以皇家身份和超乎寻常的兴致，大量收购或掠夺众多稀世珍宝，才得以完善了这座艺术殿堂。翻开卢浮宫的成长史，我心里不禁升起一股淡淡的酸楚，那就是在它的耀眼光环里潜藏着的是无法清除的瑕疵——强权与扩张。

沿着古埃及厅最著名的在塔尼斯发现的花岗岩司芬克斯雕像，我试图非常认真而虔诚地一件件欣赏下去，然而我的举止被领队制止了。他说，你只有三个小时时间，必须看完最著名的艺术品，不然你也许只能看到藏品的十分之一。有人曾经计算过，在卢浮宫每件作品只观看仅仅五秒钟的话，看完所有作品需要整整四十六天。遗憾，只能忍痛割爱，我加快了速度。

古埃及阿美诺菲斯四世雕像、迭贝尔匕首以及拉姆塞斯二世首饰像稍纵即逝的流星，很快被古希腊波尔盖斯斗士和来自帕特农神庙的物品所湮没。于是，就突出了最著名的镇馆三宝——公元前8世纪古希腊雕塑“断臂的美神”《米洛的维纳斯》和与它齐名的古希腊雕像《萨莫特拉斯的胜利女神》，以及意大利文艺复兴时期著名画家达·芬奇的油画《蒙娜丽莎》。仰望三件奇宝的过程，其实就是一个将梦想变为现实的过程。这个过程是刺激的，像接受一次美的洗礼、一次纯真的爱抚。我的眼眶湿润了，闪烁出真挚的泪花。我的胸膛里轻轻地弹射着心语：我见到了！是的，那是一个为艺术而痴迷了四十余年的崇拜者的心底呼声。

《蒙娜丽莎》是一件举世无双又价值连城的瑰宝。它其实比我想象的小了许多。往往之前感觉伟大的东西，当你真正目睹后就觉得没有想象中那么伟大了。当初那个杰出的生在离佛罗伦萨不远的芬奇镇上的画家、数学家和力学家列奥纳多·达·芬奇，居然用画笔勾勒出了一个美丽的、融思想与情感于一体的心理肖像画。这张画搅得整个世界都为她而“神秘地微笑”。在我的脑海深处，它似乎比这张原画要大一些，因为日本著名平面设计大师福田繁雄的《万国旗·蒙娜丽莎》就很大，给了我一种错觉。当时，福田繁雄还指着蒙娜丽莎的眼睛呜里哇啦地对我说了一通，翻译告诉我说：福田说，她的左眼我曾改了无数遍。然而，它真真切切地很小，而且被严密的安全措施监护着。就在思绪动荡的瞬间，我被拥挤的人群挡住了视线。在《蒙娜丽莎》陈列厅，你永远也得不到安宁——所有人都焦灼地张望，所有人都举着照相机忙碌着，你如果矜持儒雅一些，就会与镜框里的美人擦肩而过。

蒙娜丽莎那神秘的微笑，已经在世五百年了。早先四百年，她的名气远不如今天这样振聋发聩。20世纪初，这幅画被卢浮宫油漆匠佩鲁贾偷了，两年内居然杳无音信。因此，当时的卢浮宫馆长、警部长均被解雇，人们甚至把这个事件编进歌舞表演进行嘲讽。直至两年后，这幅画才从意大利的佛罗伦萨回到卢浮宫。据说，蒙娜丽莎的原型是佛罗伦萨的佐贡达夫人，她曾因丧失爱女而郁郁寡欢。达·芬奇画她时，请来了一些滑稽家为她表演，因而才有了这种微笑又忧郁的样子。这谜一般的微笑，给当时的文艺复兴注入了一种生机，它标志着流逝已久的笑容重回人间，也成为人们追求新时代幸福生活的象征。

作者在法国巴黎卢浮宫维纳斯雕像前

其实，古代东方馆是我兴趣的一个兴奋点，那些来自幼发拉底河和底格里斯河流域的古巴比伦、尼尼微和拉格什城址，代表的是苏美尔文明、亚述文明和腓尼基文明。这些自然是我中学时代通读齐思和先生主编的《世界通史》时留下的奇怪的心结。我曾用准噶尔盆地生长的坚硬芦苇管，在土块上刻上那种古代两河流域盛行的图形符号——楔形文字，试图找到它与中华汉字的共同点。那自然是徒劳的。表现公元前25世纪苏美尔胜利的《纳拉姆辛胜利纪念碑》和古巴比伦第六代国王汉谟拉比刻在玄武岩石柱上的汉谟拉比法典石碑给我留下深刻记忆，尤其是这块20世纪初被法国人从伊朗搬进卢浮宫的汉谟拉比石碑，保存异常完整，甚至记载着古巴比伦的诉讼手续、盗窃处理、租佃雇佣关系、婚姻、遗产继承、奴隶等重要条文。

真正令我惊叹的是大量真实存在的文艺复兴以来的欧洲油画精品。不论是佛罗伦萨画派、荷兰画派、法国画派、印象画派、巴比松画派，还是波提切利、鲁本斯、伦勃朗、米开朗基罗、委拉斯凯兹等著名画家，那炫目的色彩和柔美的线条，那淡淡的光影和纯熟的笔触，那奇妙的构图和流畅的情调，都让我心旷神怡、无法自制。那些曾经在画册上见过的著名作品，如今“全裸”地摆在面前，我怎能不心潮澎湃呢？拉斐尔的《花园中的圣母》，伦勃朗的《自画像》，韦罗内塞的《加纳的婚礼》，以及众多法国画家的名作，如让·克鲁埃的《弗朗索瓦一世肖像》，德拉克洛瓦的《自由引导人民》《希俄斯岛的屠杀》，库尔贝的《奥南的葬礼》，达维特的《加冕》《萨宾妇女》《荷拉斯兄弟之誓》，席里科的《梅杜萨之筏》，安格尔的《宠姬》，格罗的《拿破仑的雅法鼠疫病院》，等等，让人目不暇接，透不过气来。德拉克洛瓦这个法国浪漫主义旗手的真迹《但丁的小舟》，似乎重现了但丁的《神曲》里那惊心动魄的一幕。那但丁随好友维吉尔乘小舟渡过阿格龙河，亡灵们从水中浮现，攀附着岌岌可危的渡船，但丁惊恐万状的场面，弥漫着阴森、神秘、动荡和恐怖的气氛，有种流动和漂移的质感，流露着浪漫的神韵。而库尔贝的《画室》，是一幅巨型油画，全名为《画家的工作室：一个现实的寓意，概括了我七年来的艺术生活情况》。它描述了33个真人大小的人物，他们或是库尔贝有名有姓的朋友，或是音乐家、诗人，或是哲学家、神父，还有失业者、商人、妓女、乞妇、猎人、掘墓人等。据说，那个裸体模特儿代表的是文艺女神缪斯。库尔贝这幅形象丰富又富有哲学意味的名画，让许多观赏者久久不愿离去，还有几个中国美院学生，长时间地席地而坐或站立临摹着，令我感动。

我如饥似渴地吮吸着这些丰满的曾经让我顶礼膜拜的名画所流淌出的乳汁，它们充填着我在九岁至十九岁年龄段中痴迷美术绘画却始终没能如愿而留下的遗憾。今天，它们终于圆了我的梦，圆了我蛰伏在心底的缱绻的碎梦。记得在 20 世纪 70 年代，我曾花高价买了一本《法国十九世纪农村风景绘画册》，花费了我当时月工资的三分之一，我亢奋得一夜未眠。在昏暗的地窖里，在烛光晃动的火苗中，我一遍又一遍地苦读和观赏，直至太阳从天窗射在五彩的画面上。那本画册里有巴比松画派的代表人物柯罗的《春天树下的小道》和米勒的名画《纺线的奥弗涅牧羊女》《喂食》。今天，当我以一个游人的身份在卢浮宫浩渺的画海里遨游的时候，当我真切地看到了《纺线的奥弗涅牧羊女》那深情的、质朴的、安宁的笔调的时候，我的心怎能不忐忑不安地颤抖？算是有个交代了，算是对那个未曾实现的美术梦有个交代了，算是对一直耿耿于怀的父母有个交代了。在走出玻璃金字塔大门的一瞬间，我吁了一口气，踏踏实实地想。

香艳时尚

游走在巴黎香榭丽舍大街，看到的是人头攒动的白皮肤的欧洲符号，可能由于秋天的原因，那些流动的身影，更多地透露出的是牛仔裤和旅行包的动感信息，当然时不时会有几个金发女郎微笑着擦肩而过，留下一组缠绵的法语。

露天酒吧咖啡馆的座椅，已多多少少有些凄凉了，深秋的寒意迫使它不得不静静地伫立，偶尔有几位看起来有些慵懒的中老年人，互不交谈，目光散淡，然而又相当绅士地静坐着，像一组组静静的雕塑。这时，你也许就会自然而然地走进那些或花花绿绿或朴素典雅的时装店。走进那些遐迩闻名的时装店，即使仅仅是观赏，也不枉此行。

法国人的服务是周到的。在豪华时装店里，即便你只是装模作样地观看，店员们也会笑脸相迎、笑脸相送。越高档的商品，越看不到标价。在当今这个开放的穿着争奇斗艳的时代，既然来到了巴黎，那么就在这时装之都探个究竟吧。其实，巴黎高级时装店集中的不仅仅是香榭丽舍大街，还有蒙坦涅大街、乔治五世大道、圣奥诺雷街、旺多姆广场、胜利广场以及里沃利大街，那里也是众多时装设计师的集中地。你随时都能看到世界著名的品牌：吉莱热、巴郎夏卡、香奈儿、皮尔·卡丹和圣·洛朗。

巴黎时装素以它的选料丰富考究、设计新颖奇特、制作精湛、技艺高超而享誉世界，并引领世界时装潮流数百年。在这时装艺术的奇异世界，你可以充分体会到法兰西民族的创造力。巴黎人对服装有着一种高雅的审美趣味，又有着一种勇于接纳的传承，于是融合出一种脱俗的时装高度。我以为，这就是巴黎时尚的灵魂。

在著名的卢浮宫的时装表演T型台上，在一百年前就已经著名的品牌总汇商场——老佛爷的服装秀表演会上，或是在塞纳河新桥右岸的莎玛丽丹公司，张扬个性的老板们的理念叫得都似曾相识——“时装不卖第二件”。当然，巴黎男士并不是整天西装笔挺，女郎更不是轻纱飘逸、绫罗绸缎，他们的日常生活可能更多的是“随意”；但在一些正式的场合，他们又会突变为另一种焕然一新的装饰情调。说起来，倒是我们这些来自遥远东方的中国人，整天穿着西服在熙熙攘攘的大街上逍遥，显得既不和谐又不合时宜。

其实，巴黎人的穿着已不再是注重名牌，他们追求的是另一种个性，是简洁、大方与舒适的结合体。他们既讲究华丽，又讲究色调高雅，既推崇风度，又注重得体。女士们白天不戴钻石，男士们晚上必穿白衬衣和深色西服。时间、场合、季节造就了一个多变而斑斓的巴黎时装世界。从这个世界又引申出了“世界服装之都”的头衔。于是，在卢浮宫广场上随时看到时装表演就显得十分正常了，而那些获得时装设计金顶针大奖、奥斯卡服装设计大奖的设计师们，也就不仅仅是巴黎人了，他们自然就是来自世界各地的顶尖级服装设计大师。

有人说，这是一个非常奇怪的现象，世界时装之都不仅仅有巴黎，意大利的米兰、美国的纽约也是人们议论的焦点，但它们总会给人一种不正宗感，而巴黎却不然，似乎只有巴黎是公认的中心，只有巴黎是让人们为之倾倒的中心。这就是巴黎，一个隐藏在各种肤色艺术家心海中的圣地，一种漂泊在时装界的不可言喻的情绪规则。只要翻开巴黎时装史，这个情结就迎刃而解了。其实，真正的巴黎时装之名，还是世界各国的艺术家们搭建起来的翡翠金字塔。

巴黎女装的创始人沃斯是英国人，他是巴黎第一个以个人名字开女装店的老板。那是 1858 年。据说，他的横溢才华受到尤琴皇后的青睐，他搭乘上了这样一条有着美貌与影响力的人物之船，自然就游刃有余地畅行在名媛与权贵们之间了，而由沃斯首创的时装沙龙和动态时装表演，就成了诸多社会名流推崇和光顾的圣地。除了沃斯，我们今天还能在著名设计师名单中读到一连串外籍人的姓名：范思哲、弗雷是意大利人；巴朗夏卡是西班牙人；三宅一生、山本耀司、高田贤三是日本人；奥斯卡·德拉伦塔是美国人；马克·兰诺是比利时人；李英姬是韩国人。

当然，法国自己的设计大师总会以他们更加独特的思维、新颖的视角、丰富的色彩、浓郁的风格和浪漫的情调，占据巴黎绝大部分天地和知名品牌。20 世纪的第一位时装革新者保罗·波华亥，就以松腰身、直线条的服装彻底打破了束腹式传统，并掀起了原色系的色彩革命，带给人们奇妙和梦幻，改变了一代女性的理想形象。

女性世界的杰出人物香奈尔，设计的服装式样新颖，面料多变，尤以淑女装闻名，甚至她本人也成了当时女性追随和模仿的对象，她的典雅朴素的小套裙曾风靡世界，还受到了美国总统肯尼迪夫人的格外垂青。她的化妆品和香水也成了众多时尚女性追逐的目标。

克里斯汀·迪奥被誉为 20 世纪最杰出的设计师，他于 1946 年推出的系列作品“新风貌”一举成名，同时也带来了“二战”后巴黎时装繁荣的新时代。我认为，迪奥的真正贡献，就是他亲手培植了当今世界两个享誉全球的品牌：皮尔·卡丹和圣·洛朗。

迪奥去世后的巴黎曾有过一段时装盛宴的空白。伊夫·圣·洛朗脱颖而出也就顺理成章。他以“梯形造型”掀起了波澜，又以张扬穿着者个性的思路赢得了民心。他的设计优雅大方，色彩柔和亲切，日装时尚摩登，晚装又极富浪漫气息。

皮尔·卡丹更是中国人熟悉的名字了。我穿的皮鞋就是一双在中国购买的皮尔·卡丹，现在又踩踏在了巴黎土地上。我想，这很有意思。在蒙坦涅大街的时装店里，我翻开了介绍皮尔·卡丹的宣传单，看到的是一位沧桑的老人与一群美女模特的合影。宣传单上有英语、法语，还有中文，其中最具吸引力的词汇是：标新、突破、时代、平淡。

在宽敞的老佛爷商场，我足足过了半天的知名品牌瘾。我狠狠心，给妻子买了一套迪奥化妆品和一瓶“非常迪奥”香水。我想，迪奥和皮尔·卡丹的服装我没法选择，可我能自由地选择小巧并携带方便的化妆品。我的选择是明智的。十多天以后，当我郑重其事地把它们交给妻子时，妻子嘴上埋怨太贵了，可我仍然看出了她的兴奋和爱不释手。这让我感到了慰藉和满足。我仿佛伴随着迪奥香水那清泉中飞出的柔美的花香，在高雅清新的氛围里自由地翱翔。

法国香水的名气不亚于法国时装。似乎每一位来到巴黎的旅行者，至少会带回两瓶法国香水：一是法国香水名气太大，在众多知名品牌的喧嚣中，旅行者会珍惜那种原装香水捏在手中的满足感；二是携带方便。独特精美的外包装与秀色可餐的玻璃瓶，簇拥着梦幻的幽香，会勾起你的购买欲望，你也许会努着嘴痴迷地想，就这么一点体积，为什么不带回去让心爱的她也开心开心呢?

在巴黎众多的香水专卖店里，选购者不停地往自己的衣袖上喷洒香水的举止，已成为一道有趣而亮丽的风景。香水最早并非出自法国，它源于古埃及、古印度和波斯等文明古国。实际上，意大利人是往身上喷洒这种异香扑鼻液体的真正传输者。一个叫凯瑟琳的教皇的侄女，在嫁给法王亨利二世后，用香水文化打开了自尊自负的法国女人的心扉。

再后来就是痴迷艺术和香水的路易十四，用他极其敏感的嗅觉，不停地更换着香水师调制的种种异香，于是，沿着这位“香王”的足迹，香气开始在法国纯净的天空蔓延。后来，路易十六和拿破仑的鼎力推崇，终于使法国走入一个芳香四溢的香水时代。在当今世界，成千上万的时髦女郎，她们甚至搞不清楚阿尔卑斯山属于哪个国家，但她们肯定知道一个叫格拉斯的法国小镇，因为那里出产着世界上最优良的茉莉花、月下香、风信子、康乃馨和薰衣草。在那个灿烂的花香世界里，每到花开时节，世界各国的香水师就会蜂拥而至。

商场里推销小姐会喋喋不休地向你介绍香水的前味、中味和后味。这使我第一次惊异地发现，香味居然还被人们分割成了无数个碎块和阶段，而通常十分诱惑人味欲的香精就有上百种之多，这些香精又组合出了一个个香味迷离的风情万种的馨香世界。

要想欣赏这些香味的艺术，你就得驻足并潜心了解它们的来龙去脉。

在那博大的香海里，最先透露给你的信息是前味。那是在你接触香味的一瞬间嗅到的，是一种较为清新的大多以柑橘花香为主的气味，这种气味能刺激你的兴致；稍息片刻，你就会被另一种持久的特殊香味所笼罩，或浓郁或美好或和谐，总能表达出你的心境和情感，这香味往往会持续数小时或者更长时间，它就是中味；再往后，就有雪松、檀香等芳香树脂和动物香精的味道溢散出来，虽然这种香味时不时会忽然失踪，但它的“余”香总会有一种绕梁三日不绝的神奇，隐隐约约又意味深长，这就是被称作香尾的后味。

当然，每一种品牌的香水的前味、中味、后味都是不同的，它们所构成的香味差别或许不大或许相去甚远，于是，就应运而生了各种深受女性或男性喜爱的香型。诸如清新——草绿香系列，是由嫩草香、藻香、柑橘香等混合造出的一种绿野草的清凉香气，曾是 20 世纪 90 年代最流行的香味之一；而古典——旭蒲鹤香系列则是最古老的香水之一。

法国的香水成千上万，如果真要选购一瓶你喜欢的，恐怕是太难了。你似乎只能选择品牌。因为品牌是经过无数人验证或筛选出来的上品。而著名品牌的香水价格又总会令人望而生畏。曾经被美国著名女星玛丽莲·梦露钟爱的香奈尔 5 号香水，每盎司价格为 170 美元。最受欢迎又最能体现女性温柔、浪漫的雅诗兰黛美丽香水，或者展现当代女性优雅迷人风范的雅诗兰黛欢沁香水，价格也非常高昂。

其实，我精心选择的迪奥系列——“非常迪奥”香水，就是一个著名品牌。它是以铃兰香为主调的清新古典名作，具有呈现女性柔美气质的特性，被誉为“清泉中的花香”。老佛爷商场的法国小姐用熟练的汉语告诉我，它的前味是现代绿草香、佛手柑，中味是铃兰、紫丁香、茉莉和伊兰，后味是花梨木香、白檀香、灵猫香。我于是把这“非常迪奥”喷洒在衣袖上，细细地闻了起来。我的鼻子也许已经麻木了，什么香味也分辨不出来。因为这段时间，我已经往自己的衣袖上喷洒过许多种品牌的香水了。衣袖上遗存的到底是什么香味，我已经没法辨别。

秀逸风姿的巴黎远去了。那些色彩斑驳的富贵风流的大街和繁华温润的灯光，向人们昭示了一个西方的物流世界，那里似乎有许多滴滴香浓的梦想，也许它能留给你思索，填补你许多的空白，但细细地回味，它似乎又离你那么遥远。那些纷纷攘攘摩肩接踵的人群，依然是那么的陌生；那些徘徊于蒙马特红磨坊周围的舞女的倩影，依然是那么模糊；那些精美绝伦石质的雕塑，依然是那么的冰凉。

是的，那都是别人的，别人的东西有别人心底的酸甜苦辣。别人的东西挂在别人的腰际，才显得婀娜多姿楚楚动人。别人的东西永远都是别人的。坐在前往意大利罗马的丰田客车上，望着那无垠的大片绿野，我想。只有回到自家的土地上，心里才会感觉踏实。

第六辑　曾经的隐秘之地

一角台北

位于我国台湾岛北部盆地的台北市，其城市建筑远没有上海、广州恢宏，也没有沈阳、济南的相对繁华，还有点古旧。这是我对台北的第一印象。古旧也只是相对的。不过有号称世界第一的 101 大楼，虽然高度已排到第三名，但那鹤立鸡群的气度还是让我惊叹。

大楼耸立在台北信义区，高度为 508 米，办公塔楼有 101 层，故称 101 大楼。它的标准称谓叫台北国际金融中心，是由台湾著名建筑设计师李祖原设计的。这个李祖原很不简单，不仅设计了 101 大楼，还设计了台湾南投埔里镇的中台禅寺。那中台禅寺，虽说修建于群山云岭之间，却有一股磅礴的气势，将文化、艺术与科技融为一体，让人啧啧称赞。

101 大楼作为台北的新地标，是当之无愧的。它的楼梯像层层上升的竹节，每八层楼为一个结构单元，彼此接续，很有韵律感。2003 年我首次知道它时，颇为惊讶，总有一种神秘的感觉。如今真实看到，神秘感便消失殆尽。

大楼有两个现代化的特点：一是电梯很快，从 1 楼到 89 楼的观景台，只需39秒。二是夜灯独特，每周七天，每天变幻一种色彩，七天一个轮回。在一些特殊的纪念日，它会变幻外墙灯光图案与文字，如在爱因斯坦相对论百周年、母亲节、圣诞节、世界糖尿病日，它会以新颖的相对论质能互换公式、康乃馨、圣诞树图样展示，显示了大厦绚烂的夜晚英姿，又展现了新地标的引领气势。

台北如今是一座拥有近300万人口的城市，城市面积约272平方公里，下辖12个行政区，有富丽的淡水河、基隆河、新店溪环绕城区。说起来，与大陆许多城市相比，台北应该算一个比较新的城市。台北古城是在1882年（清光绪八年）开始兴建的，这之前，艋舺、大稻埕是台北城的雏形，如今那些建筑已消隐在历史的烟云之中，只留下一些古旧的名称。

信义区还是很现代的，除去101大楼，还有台北国际会展中心、台北市政府大楼、国父（孙中山）纪念馆、台北世贸中心、君悦大饭店、新光三越百货、亚太会馆等建筑，也颇有现代氛围。

台北市政府大厅的门敞开着，市民和来访者可以随意进入，门厅里有一个可以旋转的政府各机构办公层位指示牌，便捷且实用。我们参观时，正巧一楼大厅里正在举办一个活动——国际第二届书画交流比赛挥毫大会。参赛者中老年人偏多，他们手握画笔聚精会神，如入无人之境，或下笔，或渲染，或勾勒，都成竹在胸，偌大的二三百人的大厅里虽然人头攒动，却只有毛笔与宣纸发出的摩擦声，很有文人骚客荟萃、书香墨香斗艳的意味。

我很惊讶，这个举办挥毫大会的大厅叫沈葆桢厅。前不久，我刚读过一位我敬仰的作家朋友南帆的文章《宫巷沈记》，了解了沈葆桢戎马倥偬的一生，也知晓了沈葆桢另一隅温馨的情感世界。但我并不知道，沈葆桢在台湾还有这么大的影响与魅力。沈葆桢厅光线很通透，近千平方米的大厅里，阳光散射在每位参赛者的脸上，有一种静谧感，也有勉励的意味。

沈葆桢是大清王朝福建人中两位著名大臣中的一位。另一位著名大臣就是民族禁烟英雄林则徐。那是一位大家耳熟能详的人物，但我敢说，肯定没有多少人知晓沈葆桢，以及沈葆桢与林则徐之间的姻亲关系。他们的真实姻亲身份是：林则徐是沈葆桢的舅舅，沈葆桢是林则徐的女婿。当然，这层关系的起始并不是本文关注的重点。重要的是，对沈葆桢来说，无论是少年时代还是成年以后，对他影响最大的人都是林则徐。

沈葆桢 16 岁考取秀才，20 岁中举人，27 岁考取进士第 36 名，与他同榜的李鸿章居 34 名，后入选翰林院任庶吉士，36 岁出任江西九江知府，后历任江西巡抚、福州船政大臣，并被委任为钦差大臣赴台湾督办事务。沈葆桢到台湾后，积极备战，固守城池，兵戎相见，迫使日本占领者撤兵回返。他还实施了开禁、开府、开路、开矿四大措施，开启了开发台湾历史的新纪元。应该说，沈葆桢的“四开”措施增加了台湾的人口，加速了大陆与台湾的通商、通航，密切了政府事务，开辟了交通道路，发展了经济，促进了繁荣，在台湾历史上具有深远的意义。后来，沈葆桢又担任两江总督，“惩盗贼，诛洋人”，可谓功勋卓著。

我想，台北市政府特设一个偌大的沈葆桢厅，寓意显而易见——让沈葆桢在台湾所缔造的丰功伟业长久地存留，并游走在人们的日常生活中。

与沈葆桢的奇异会晤，是我未曾预料的。它让我贫瘠的知识空间增添了新颖丰腴的一笔。我毫不犹豫地照相，其实是为了沈葆桢。当然，那书画挥毫大会也颇有意思，我非常喜欢这种浓郁的清雅氛围。

国际艺术博览会的展出地点就在台北世界贸易中心大楼一楼。那是一个功能完备的现代化展厅，在分割得井井有条的当代艺术区、经典艺术区、电子录像区、日本当代特区、艺术与科技区、新人推荐区等十多个展区内，陈列着当今世界最前卫最新潮也最诡谲最夸张的诸多艺术品。

绘画、雕塑、行为艺术、动感造型表演、艺术讲座和论坛，五花八门，应有尽有。不过，展示最多的还是让人眼花缭乱的绘画作品。这些作品是由众多画廊和艺术中心选送的，人们可以随时认购。

我一贯喜欢看展览，这大概与我的人生经历有关。我曾是一个虔诚的绘画爱好者，临摹过许多著名的绘画作品，线条、色块、明暗、勾勒、渲染组合出我童年少年时期的许多时光。后来，我在一个叫展览馆的单位履行策划编辑展览职责近七年。我对展览有一种特别的敏感。

艺术博览会大约有 100 多个展位，展出了来自上海、北京、中国台湾、美国、日本、韩国、新加坡、印度、法国等地艺术家选送的作品。这些艺术品大体显示了各地艺术家的思维方式、创作心态、艺术旨意和艺术趣味。我以为，用这种大结集的形式集中展示当代艺术是一种极好的形式，也是一顿丰盛的饕餮大宴。在这里，人们可以看到不同流派、不同思潮、不同肤色的画家与艺术家之间的裂罅与融合，也能真实地感受到画者与观者之间的心灵碰撞。

我看到了一些令我震撼的作品，比如四川画家罗中立的《算盘》，上海画家陈丹青的《躺卧的人体》，以及何多苓、沈敬东、王沂东、艾轩、张培成等人的作品。他们参赛作品的画风多少与我熟悉的他们过去的画风有所不同，曾经的热血沸腾似乎都退却了，变成了另外的模样，缱绻、孤寂、冷漠，若仔细揣摩，还是能找出某些相通的线型脉络。

台湾艺术家以他们的思维活跃、臆想丰富、构思诡异引起我的好奇，尤其是一批年龄较轻的青年艺术家，他们突破了传统绘画的模式，作品颇有独到之处。比如，一个叫何孟娟的作者，其作品是美术绘画与摄影的巧妙组合，她的系列创作《我有无比的勇气》透着一股女性的坚韧；而另一位叫邱建仁的作者，其油画也能让我们从繁复中读出现实生活的多变性与不稳定性，以及简约中潜藏的繁乱与缤纷。

这个夏季似乎还真有些“星空好灿烂”的味道。印度尼西亚南苏拉威西岛的神话剧《加利哥的故事》与台北室内芭蕾剧团的舞剧《茶花女》在比拼。牛肉面食神选拔赛、麻雀变凤凰大作战、牛肉面敬老国际邀请赛等活动也光怪陆离、炊烟袅袅，但多少有变相推销牛肉面之嫌疑。我还是喜欢兰州牛肉面。

“可以怀旧，可以浪漫，时而感性，时而传统”，这是台湾人自我标榜的词汇。

梅子梦

在连接日月潭与阿里山两个著名景区的群山万峦间，绽放着一个耀眼的乡镇——信义。

最初在我意识里，信义只是一个山野乡村。苍茫巍峨的大山深处，信义乡无非是奇山峻岭、悬崖峭壁、森林古柏、彩虹飞瀑，它怎么也跳不出交通闭塞、远离繁华所带来的发展桎梏。

然而，信义乡让我愕然了。

其实，景色秀丽的信义乡已经拥有了可以远眺玉山群峰与中央山脉的独特优势，也拥有了陈有兰溪、浊水溪两条溪流源源不绝的水源，甚至还拥有台湾岛唯一可以通往高山湖泊“七彩湖”的山林干道。天时，地利，人和，信义乡完全可以坐享清福的。但信义并没有满足于青山绿水的原始风光，它居然将那些山野原生态变成了可以挖掘可以享用的宝物。

在曲径通幽的充满原始况味的森林道路上，制作精美的布农族工艺，浓醇清润的高山乌龙茶，丰盈多汁的巨峰葡萄，果粒硕大、清甜爽口的莲雾，沁人心肺的消暑圣品爱玉子果冻，会不断拨开你的视觉与感受，掀起一层层涟漪，让你激动。那些果品都是信义乡农精心培植后结出的硕果。

让我情有独钟的是梅子梦工厂。

那是一个充满诗情画意的名字。从访梅、观梅、赏梅、想梅、斗梅直至梦梅，真是奇妙而又寓意深邃。当你漫步在清幽的花香袭人的梅林步道上，当你品着甘醇的梅酒，当你品尝着质地优良的梅醋，当你吸吮着口感细腻的梅子霜淇淋，会惊诧于这山间乡野的巨大魔力。

在建筑风格奇特的梅子梦工厂，我笃实地享受了一次梅子的奇妙梦境。梅子跳舞工坊、梅子醋工坊、山猪迷路休憩区、忘记回家酒庄、长老说话伴手礼馆、幸福酒窖等，这一个个精心筛选的工艺制作园区，仅仅名字就会让人青睐和欣喜。当然，这家梅子梦工厂还不仅仅停留在说名赏名阶段，深藏在其名称背后的是梅子系列产品。

禁不住多重梅子的诱惑，也禁不住多重梅子的挑衅，还禁不住身穿布农族传统服饰山妹的笑脸，我选购了“梦工厂”的不少产品。这些产品经过长途携带和运输，抵达遥远的准噶尔盆地的石油城时，亲朋好友们连连叫好。那精美的包装，那不俗的品位，那欢悦的故事，那神妙的滋味，都让品赏者大为惊叹，也让恣意狂购者感到些许骄傲。其实，这并不是狂购者的眼光高，而是信义乡的产品确实好。

过去在许多地方，我曾经吃过话梅，那味道实在是不敢恭维，也激不起我继续吞咽的欲望。

伴随着寓意甜美的“青梅竹马”——奉荣“酸甜姊妹花”系列就有五款产品：Q 的梅、紫苏的梅、茶梅、话梅、梅粉。而青梅竹马“马嘎激忙——迪样”（布农语：跑得最快的迪样）系列，又有陈年梅、脆梅、古味梅、Q 梅等多款产品。另外，还有小米唱歌柔情露、忘记回家、开怀梅露、花间醉、山猪迷路威士忌、长老说话橡木桶梅露、狂野、柔水、风神梅果冻、有好醋梅醋、按酱梅果酱等多重多款梅子系列产品。这些都让我无法选择也无法适从了。

好在有身穿布农族服饰的导购山妹，她们面容姣好，热情好客，并且说一口标准的普通话。她们说：乘飞机只能带无液产品，您最好选择“青梅竹马”系列产品，名字好听，寓意深远，味道也好。

于是，大家一拥而上，纷纷选购起“青梅竹马”，仿佛自己那曾经的青梅竹马就源于信义，源于美妙的、能“蛊惑人心”的梅子梦工厂。

我选择了“姊妹花”系列的Q的梅和紫苏的梅。

仅仅选择梅子，似乎还意犹未尽。我提着纸袋在“梦工厂”里来回游动，像一个幽灵，恍惚已走不出那旖旎的梦境了。

终于，我看见了不再是吃喝的工艺品——山猪迷路。那是一尊高十几厘米的精美小雕塑。——直立的山猪哭泣着，肯定是找不着回家的路了，虽然他肩背了一把大砍刀，还极其文明地用毛巾遮挡住了害羞之处，但他的眼神是迷茫的、恐惧的，表情是天真无邪又十分可爱的。我非常喜欢他。

于是，我买了一白一黑两尊山猪迷路小雕塑，当然我的购买是有指向的。在遥远的准噶尔盆地的我的家中就有两位属猪的管理者，她们时时管理着一条黑白相间的大花狗。不过，她们好像并不常常为回家犯愁，她们很少迷路。

“Q的梅”是一种非常可口的梅子食品。那一枚枚浑圆的梅子，躲藏在精美的被掏了窗的包装盒内的透明瓶子里，显得晶莹剔透、鲜活妩媚，异常诱人。

“Q的梅”很好吃，所有品尝过的人都说，它的味道很像我们南疆的杏干，酸甜绵密，甘甜润口，只是“Q的梅”更加柔软湿润些，因为它盛装在封闭的容器中。我想，我们南疆的杏干，是否也可以用这种思维来重新包装一番？那甜美的杏干，可以开发出许多系列产品，完全可以在奇妙品牌的引领下，在精美装饰的阐释下，飞越天山，走向大江南北，享誉四海五洲。

我上高三的外甥女在吃了“Q的梅”后说，大诗人李白诗中的“青梅竹马”，竟然被今天的台湾人理解得如此精到，哈哈，这漂亮的瓶子和包装盒都归我啦，它们太可爱啦！我要把它摆放在我的书桌上，尽情享受它的艺术气息。

我开怀地笑了。我对自己的选购很满意，也很得意，颇像个胜利的王者。

这就是台湾最大的梅子加工基地，开创了美丽传奇的小地方——信义乡梅子梦工厂。

沉浸爱河

20 世纪 80 年代初，大陆开始流行港台歌曲，琼瑶小说改编的电影一度挤占了年轻人的许多业余时间。人们兴奋地感受着那些带有新鲜意蕴的爱情故事，如抚摸鲜嫩的婴儿肌肤。那时我也很年轻，正处于爱情的肆无忌惮状态，所谓台湾生活片带来的别样趣味，着实让我留恋和垂涎。

那时，我们的顶头上司有玩摩托车的嗜好，他给我们几个年轻人威严地定下任务后，就骑着幸福 250 摩托去市里兜风了，回来就带些所谓内部专供录像带，很宝贝地锁进自己的柜子里。于是，就会有人围着他借录像片看，上司就很神气，若是财务科、人事科之类就双手奉送，笑着借给人家，若是其他人，就拉着脸说，公家的东西不借私人，甚至我们几个手下人的面子也不给。于是，就有人趁夜深人静时弄开他的柜子偷偷看，那时柜子都是木质的，暗锁基本是摆设。于是，我就听到了邓丽君天庭里的优美歌声《在水一方》和《爱的使者》。

《爱的使者》有“你俩就会徜徉爱河里”的句子，很私密地叩问着我，也羞涩着我的心，似传递了一种玄妙的幸福。爱情居然可以像河水一样美丽，爱情居然可以放进宽阔的河里畅游。于是，我们悄悄地议论，台湾人真幸福，他们居然可以随心所欲地在爱河里“徜徉”。那时，我们刚刚把爱情挂在嘴边，并且谈及就会脸红，张洁的《爱是不能忘记的》是让我感觉爱情可以走上桌面的第一篇文章。我知道，爱河其实是一条甜滋滋的、充满了朦胧遐想的意念之河。

然而，当我在高雄寒轩国际大饭店等候房间分配时，却意外地听到一对鬓发斑白的老者问服务员：爱河怎么走?

我怔住了，如被蜂蜇了一般。好熟悉的名字啊——爱河，它居然是现实生活中存在的真实的河。我的心腾腾地跳着，对高雄有了一丝清雅的敬意。

按捺不住激动，放下箱包我就拽着诗人去找爱河。

高雄的夜晚有些迷离恍惚，街道两边的建筑也显得有些杂乱，并飘有一些斑驳之气。不过，也有装饰考究的西式建筑在散射地灯的辉映下闪着豪门之气。这个著名的港口城市，台湾人叫南方重镇，这让我很不习惯。自小南方给我的印象就是那些固定的地区，譬如广东、广西或者江浙一带，忽然听到高雄是南方，就觉得很生疏。其实，台湾人并没有错。虽然与大陆相比，这个南方太过渺小，但它的确是南方。高雄是个仅有 150 万人口的港口城市，耳边萦绕最多的就是码头——渔人码头、哨船码头、光荣码头、亲水码头、哈马里码头、十六号码头等，仅深水码头就有 118 座，它们密密匝匝地排列在碧蓝的海面上，凝滞在一棵棵椰树或棕榈的缝隙之间，带给人们一阵阵清凉与鲜腥的气息。

高雄的一群群摩托车也是一角绮丽的风景，它们相互追逐着，花花绿绿的头盔如花花绿绿行进的蚁群一般。在台湾许多地方，移动的摩托车群会显得十分耀眼。

沿着复兴路大道拐青年路一路步行，感受高雄的夜，虽然有些斑驳迷离，但还是很可爱的。85 大楼是高雄的第一高楼，也是台湾第二高楼，地上有 85 层，楼高 347.5 米，看楼身极像一个汉字“高”的放大极致版。一问，果然是设计者极具匠心的精明点。当然，它是不是令绝大多数高雄人满意，我不得而知。据说，85 大楼曾一度很不景气，房产销售与商业流通都步履维艰，承建的老板几乎到了气绝跳楼的地步。虽然它很“高”，但也不一定能真正支撑起一个高速发展的新时代。从一开始上路，我们就感觉 85 大楼并不遥远，然而当我们行走了 1 小时 20 分之后，我们仍然觉得 85 大楼还是那样，既不远也不近。这可吓着我了。

领队说：爱河就在 85 大楼附近。然而，当我们终于气喘吁吁地走到 85 大楼脚下时，却发现我们“上当”了。我们围着 85 大楼转了一圈，却没有看到爱河。

在 85 大楼近旁一个水泥台阶上坐下，我的双腿十分瘫软。诗人去问一个过路的当地人。那人是那种常见的比较精瘦又精明的中年人，显得十分热情。

你们走反了，应该从这个新光路穿过中华路，再走五福二路，就可以到爱河的主景区……那边的景色很好看。这位中年男子指完路，并不急于走，而是停住脚步，看着我们。

啊，这么复杂？我们面面相觑。

强忍着疲惫与诗人商量了一下，我们还是决定去爱河。于是，就开始向自认为是爱河的方向走去。

那中年男人急匆匆地走到我们面前说：你们走的不对，从这里走很冤枉的。那男人十分热情，又十分认真，仿佛很怕我们丢了。那男人看起来没有恶意，甚至准备带我们一起走。

被高雄男人的热情搞得很不好意思，我们一致说，太谢谢了，我们自己去。

终于来到了爱河边上。

爱河酷似我们常见的那种人工河。它静静的，在夜晚多彩的灯光照耀下，河水反射着莹莹的光泽，斑斑点点地颤动着，显得华贵而雍容。

待我们走到河边，就有种熟识的感觉，仿佛是在大陆某个城市的穿城河边漫步，有橙红色的点点渔火，有河边休闲的座椅，还有一个个露天咖啡吧台。

我和诗人找了个距离水边较近的座位坐下，然后要了消暑的虞美人霜淇淋。不少台湾人把冰淇淋叫霜淇淋，这让我们感觉很惬意。

一种悠扬、舒缓的萨克斯管音乐低低地传来，宛若天庭里的冥冥之声。

诗人显得很兴奋，说：哇，还有音乐。送冰淇淋的服务小姐就接过话说：这里越夜越美丽，你可以在灯光和音乐中享受夏夜的轻柔。

诗人于是更兴奋了，这小姐简直就是诗人，她竟然会说出“越夜越美丽”的句子，太美妙了。

我也沉浸在这光与影变幻、音乐与微风组合出的愉悦之中。悠忽之间，我感觉这萨克斯怀旧的如泣如诉的曲调十分熟悉，就努力回忆着，哈哈，我想起来了，我笑出了声——《永浴爱河》，这是一首萨克斯名曲。我曾购买过一盘美国著名萨克斯演奏家肯尼·基演奏的专辑，这首《永浴爱河》就在其中。我开始佩服起这些策划、设计并实施的高雄人，他们很会招揽生意——他们死死抓住“爱河”不放。

眼前有两个硕大的红桃形灯箱闪闪烁烁，玫瑰红色的灯光惹人喜爱。它们象征着陷入爱情中的两颗红心。这就是“真爱码头”的标志。它高悬在栏杆之上，显得温馨而充满意趣。据说，它曾经是爱河出海口处的一个旧码头，叫作十二号码头，是近几年才改建的。这个新改建的码头取名真爱，是希望真心打造爱河的浪漫气息，表达爱河的真实情愫——情侣能找到真爱，家庭能找到真爱，社会能找到真爱，世界也能找到真爱。真爱码头的一片开阔地段，还有一对白色风帆，它们在电子闪光灯的照耀下，闪着奶白色的柔光，如一对白鹤，亭亭玉立。服务小姐说，这对风帆是真爱码头的灵魂，象征着一对情侣在深情地对视。服务小姐还说，它也象征着高雄与大海在平等地对话。我觉得这个象征很牵强，因为看不出它们有平等对话的含义。

其实，我们已经没有时间深游爱河了，夜，已经深了。漫步爱河的人们开始陆陆续续地离座，只有少数情侣还手拉手低语着，或缠绵地拥抱着，旁若无人地接吻。

爱河，一条曾经流过我心头的意念之河，如今实实在在地出现在我面前，让我始终恍恍惚惚，有一种在梦境中徘徊的不真实感。爱河曾经是那样的虚无缥缈，又让我充满遐想。但今天，爱河却真切地存在着，而且那样地让我心旌摇荡。

爱河真正让我感动的，还有它沿河而建的诸多艺术场馆。在惬意的心境下，你可以走进那些艺术殿堂观赏艺术，那才别有一番滋味。电影图书馆、音乐馆、美术馆、历史博物馆……它们散落在爱河的周边，呈现出一种艺术的氛围，而且设计造型也颇为现代。在充满爱恋意味的河边困乏了，便走进那奇特的电影图书馆观赏一部复古气息浓郁的老电影，或钻进美术馆欣赏水墨油彩甚至钢铁材质创作的艺术盛宴，体味一下河边缱绻的爱情，度过一个柔曼的爱河假日，真的很富有诗意。

第二天清晨，我们被安排参观了高雄的新光码头。那是一个颇具规模的新码头，就坐落在85大楼近旁。我对诗人说，其实昨晚我们再往前走一两公里，可能就看到这个码头了。不过，我还是感觉很幸运，夜晚的真爱码头与清晨的新光码头，正巧在我的内心勾勒出一幅高雄既热情悠闲又浪漫时尚的温婉画卷。

垦丁的气息

垦丁在台湾岛的最南端。去台湾之前，我居然从来没有耳闻过它。

从台湾第二大城市高雄出发再往南去，走到南部的岛尖上——恒春半岛，就到了垦丁。垦丁是一块奇异之地，它那一角小小的岬地，却拥有辐射三大海域的奇异能力。在那里，向西望是台湾海峡，目光飞过数十海里就能看见红红火火发展的大陆，最先映入眼帘的是甜怡的海岛城市厦门；向南望是巴士海峡，从那里出发，可以飘摇到千岛之国菲律宾；向东望，就是烟波浩渺的太平洋了。

当我站在垦丁的鹅銮鼻观海亭向南方眺望时，领队说，那里就是巴士海峡与太平洋的交界点。我眯着眼看了很久——那里依旧是蔚蓝蔚蓝的，我没法分辨出交界点的具体位置。

垦丁被称为海洋天堂，也是台湾人的度假胜地。以垦丁为支点，环绕四周的除了清澈碧蓝的海水，那绵延细密的沙滩，那闪光剔透的贝壳，那陡峭跌宕的峭壁，那飞花四溅的海浪，那绿意盎然的椰林，那莺歌鸟啼的画境，都透着一种鲜活而清逸的美。还有猫鼻头、南湾、帆船石、尖山、鹅銮鼻等，真是一串富有意味的美妙天地。

到达垦丁时，阳光炫目，土地散发着一股浓浊的海洋气味。在台湾的许多公园里，游人似乎都不是很多，也不拥挤，日月潭、阿里山显得静谧而安闲，但垦丁却有些不同，居然有那么多人花花绿绿的倩影。一问，原来大多数是中学生。这似乎就新奇了。据说，垦丁是年轻人释放青春的休憩地。那些年轻人身穿各式校服、运动服、T恤，或者情侣装，很青春地从我们身边穿梭而过，带着一股明丽的阳光之气。

垦丁的鹅銮鼻是一个富有诗意的名字，它最初给我的印象就像天鹅戏水。然而，事实并非如此。鹅銮鼻其实还深藏着更多鲜为人知的历史秘密。鹅銮鼻最早叫沙马矶。“鹅銮”是台湾排湾族语，意思是“帆船”，因鹅銮鼻附近有一块巨大礁岩酷似帆船而得名。“鼻”是指突出的地块，就是指那块岬角，二者合并就称为“鹅銮鼻”。

作者在垦丁鹅銮鼻

鹅銮鼻其实是一个被挖掘出有六千五百年史前文化背景的地方。它大约是旧石器时代晚期文化的遗迹。在遗迹附近的“又一村”“古洞”等景点，我认真分辨了许久。开始我以为它们是当代人为了招徕顾客而作秀的新鲜玩意儿——一个简陋的木制凉亭，亭内有石像与石凳，显得古朴而笨拙。在许多公园，我们时常会看到这类蓄意造作的装扮。而鹅銮鼻那高耸的巨型礁石却实实在在地为史前人类提供了隐蔽背风的栖所，那珊瑚礁岩缝里渗出的汩汩清泉，又能为史前人类提供水源；而海岸就近在咫尺，更为史前人类提供了捕鱼的天然环境。于是，在那些细绳纹陶片、卵形坠和彩绘纹饰上，我看到了台湾史前文化的历史行踪。

鹅銮鼻灯塔也是一个古迹，但它比“古洞”“又一村”年轻了许多，它是清朝光绪元年 (1875 年) 开始勘察设计的，光绪七年兴建灯塔，光绪九年开始使用。这是一个有着坚壁围墙又保存完整的塔楼建筑，它的塔基有炮台，墙上有枪眼，四周有壕沟。当年，这里还派有士兵守卫——它是一百三十年前全世界少有的几个武装灯塔之一。

我们看到的灯塔已经历三次重建和维修。如今的灯塔内设大型四等旋转透镜电灯，光度为一百八十万烛光，每三十秒旋转一周，可见距离为二十海里，是台湾地区光力最强的灯塔。不过，我们见到它是在白天，没能看到光柱，很是遗憾。但我们可以在鹅銮鼻灯塔纪念碑合影。这尊塔碑是石砌的，高高的台基上矗立着两米高的方尖碑，并写着“台湾八景——鹅銮鼻”。

从鹅銮鼻公园的擎天石、幽谷、沧海亭、海滨栈道一路穿梭，最后从那高耸的椰树、槟榔、棕榈的热带绿荫里出来，就来到了那片豁然开朗的著名的海湾——南湾。那是一片质地优良的海湾，有天然沙滩，有碧蓝清澈的海水，有宽阔的海滨浴场。

没想到这里竟然人山人海，云集了四方游客，那人声鼎沸的热烈场面，在别的地方很少见到。这一天大约是我们在台湾见人最多的一天。

沙滩和海水里到处是欢腾的人群，而且几乎是清一色的年轻人。他们或打沙滩排球，或围成圈做游戏，或滚着硕大的气球在海中嬉戏，或弹跳着摆姿势拍照，或多人牵手奔向大海，或在水中击水遨游……给我们以极大的诱惑与快慰。

我们也兴奋起来，都纷纷脱鞋，挽裤腿，跑入水中，或踏浪，或捡石子，或捡贝壳，或跑入水中畅游，恍若回到童年。

这时，忽然有众人的齐声呼喊传来，我们惊愕地向喊声望去。原来，那些中学生开始做一种青春气息很浓的舞操（那动作既像跳舞又像做操）。在数名领操员的带领下，数千名身穿各色校服的学生随着音乐集体做操。那强有力的节奏和韵律，那充满青春活力的舞动，那齐整的呼喊声，让我们也情不自禁地欢悦了，有人甚至踏着节奏也笨拙地模仿舞动起来。那欢快，那笑脸，那自信，那喧闹，那和谐，仿佛把我的青春激情点燃，让我亢奋，也让我梦幻般地遐想……

垦丁，台湾最南端那个洋溢着青春活力的地方！

知本一夜

从台湾最南端的恒春半岛沿省道一路往东再往北走，就到了台湾岛的东部，我们将要留宿的地方——知本。

知本是台东县的一个小村镇。最初听到这个名字，感觉怪怪的，很像日本的地名。一问，这个叫知本的小地方盛产温泉，一百年前日本人占领台湾时，大肆开发了这里的地热资源，起名知本。

到达知本已经很晚，朦胧的夜色中，一幢灯光闪烁的精美建筑成了我们的憩所。它叫富野温泉休闲会馆。——这又是一个地道的日本名字。

我的心中拱起一股敌意。也许是日本侵华的原因，我骨子里有一种对日本的不敬。我用藐视的目光看了看会馆的周边环境，有些不情愿但还是很绅士地走了进去。

一个小村居然有如此精美的会馆，还是让我在心里暗暗惊叹。这个富野温泉休闲会馆的品位很不错，洁净程度不亚于四星级酒店。晚餐时，富野餐厅的大厨居然来到我们餐桌前热情地征求意见，不管好坏，有这种略显作秀的服务，就会让宾客感到很温馨。

房间的陈设也很日本化，睡衣是日本和服，可免费穿上去一楼洗温泉浴，也可以带走，不过要交费。这个会馆的拖鞋也很漂亮，但不能带走，若要带走，请交一百新台币。这显然与大多数酒店、宾馆的规定有些不同。

晚餐后，我们没有下一楼洗温泉，因为每个房间都有温泉水池，水龙头一开，就有热气腾腾的温泉水涌出。那水的硫黄味很浓，粘在肌肤上，有一种光滑细腻的感觉。

我们走进小村。安谧的小村显得悠闲、柔曼。白天在垦丁感受了嘈杂与喧嚣，夜晚来知本享受一下静谧，让人感觉轻松又愉悦。难怪这家会馆打出的广告语是“知本溪畔，远离尘嚣的美丽秘境”。

在台湾，有一个十分有趣的现象，就是它的所有中等流量以下的河流都叫溪，只有个别大河才叫河。而大陆几乎河流都叫河，溪被认为是小溪。在台湾，我们常常会惊讶地说：哇，这么大的小溪！

知本溪也应该算是一条中等河流，它看上去很像大陆的季节河。清澈的溪水从山涧里一路奔泻而出，发出哗哗啦啦的声响，让人很有亲切之感。我们——我、诗人、摄影家，沿着小村唯一的公路向所谓繁华地段走去，道路两旁有一些商店、土特产店、奇石店、茶叶店、小超市、酒吧、餐馆，甚至还有灯光闪烁的卡拉OK厅。不过，知本的小店主们并不急于招揽行人，他们会对过路的行人微笑或者依然做着自己的事。如果你走进其中一家店铺，那店主肯定会热情地笑脸相迎，并肯定会注视着你说：欢迎光临！

短短二三百米的小村街道，经不住我们闲淡人员的踩踏，再慢悠地消磨时间，也用不了十几分钟。我们很快又折返到那家灯光闪烁的卡拉OK厅。耐不住寂寞的胖老板终于主动并殷勤地与我们打招呼了，他说：进来坐一下啦，免费听音乐、听歌啦。

我们跟随胖老板进去转了一下，想探探这小村酒吧的深浅。然而，进去之后才发现，它其实是一个可以点菜吃饭、喝啤酒、听歌女唱歌，亦可自己登台演唱的地方。偌大的吧厅里，有一个小舞台，有一个女孩伴随着萨克斯管的音乐在唱歌，除了我们三人，再无别人。我们看了一下价格表，似乎也不贵，但看着那个精明的胖老板，总有一种即将被“宰”的感觉。其实我们已经吃得很饱了，没法再咽一口菜，于是起身告辞。我们抱歉地说，我们已经吃得很饱了，不知道这里是吃饭的。胖老板说，不吃饭也可以听歌的，一会儿还有张惠妹来唱歌啦！张惠妹，知道吗？

我们觉得更离谱，就相互传递着眼神，坚决地离开了。离开那里，我们都有一种如释重负之感。

离开卡拉OK厅，我们觉得很可笑，就使劲地笑个不停。诗人学着胖老板的声调：有张惠妹来唱歌啦，知道吗？

摄影家就近买了几瓶台湾啤酒，说：太便宜了，五十台币一瓶，我们回房间喝去。

于是，三瓶纯正的台湾啤酒下肚后，我们又洗了硫黄微醺的温泉澡，感觉异常舒适，仿佛解放了身心，慵懒地坐拥在了“一个无限延伸的春的气息”（该酒店广告语）里。

翌晨，我走出会馆大厅，竟然发现会馆大门处立了一个欢迎我们团的门牌，那文字是印刷精美的繁体字，很让我吃惊和温暖。一个深山里的小村镇酒店，居然会有如此周到的高水平服务。

会馆门前有两个吊椅，有椰树，还有一个别出心裁的客人自助煮蛋区，那里正沸滚着有硫黄味的温泉水，鸡蛋放进去后一会儿就熟。我们要赶路，自然没人煮鸡蛋吃，只是后悔昨晚没有边煮蛋边喝啤酒，那样肯定会意趣盎然。

知本溪的水很清洁，里面有许多漂亮的鹅卵石与奇石。我走下去翻找了一会儿，捡到一块很奇特的粉色花石。它很像一块玫瑰石，我知道台湾玫瑰石产在花莲县一带，可它的确很像。我拿着它摩梭了很久，没舍得撂下。虽然有些重，还是下狠心装进了挎包里。

阳光穿过会馆背后的绿色大山，斜斜地洒在我们身上，显得刺眼而明亮。知本溪边居然立了一块中英文介绍牌。我觉得很有意思，就抄录下来，以飨读者：知本溪发源于中央山脉之雾头山，上游山岭陡峰，中游河谷多乘直峭壁，在蓬莱山南积尾处，溪谷在此急降产生瀑布群，然后汇入大峡谷区，至著名的知本温泉出山，下游为缓坡低丘山地。

从知本溪沟底上来，溪边有一家“黑熊部落工房”，是一个工艺品小店，门口立着一尊自制的黑熊塑像，很有艺术品位。黑熊身体是用木块木棒黏合而成的，涂成了黑色，还装饰有红色、黄色英文字母和白色眼睛，很卡通，也很温馨。我站在黑熊旁边欣赏了一阵儿，店主竟然热情而兴奋地送给我一件小工艺品——黑熊。

乘车准备离开时，会馆有一位小姐急匆匆又很礼貌地向领队反映了一个情况，说有人带走了一双拖鞋，能否过问归还或者留下一百新台币。车上带拖鞋者很惊讶地说，啊，拖鞋不是赠送的吗？说着就不好意思地掏钱。

大家一阵哄堂大笑。会馆的服务小姐也跟着笑了。

领队引开话题说，你们看这位小姐，她像谁？

大家莫名其妙，自然猜不出来。

领队说，像不像张惠妹？

我心里咯噔一下，就歪着脑袋看了一眼正向我们微笑的服务小姐，似乎还真有点像。

领队说，知道吗？张惠妹就是知本的原住居民。

我蓦地悟出了什么，与诗人、摄影家会心地对视了一下。我看出他们俩的神态里也都潜伏着一丝小小的遗憾。

太鲁阁峡谷

太鲁阁峡谷是我国台湾岛最具挑战意味的自然景观。

大自然造就了许多名山大川，也造就了许多摄人心魄的峡谷。其实，我对峡谷是不以为然的，大陆的峡谷实在太多、太险要。著名的长江三峡——瞿塘峡、巫峡、西陵峡，那竞秀的千峰、争奇的万壑，那悬崖峭壁，那急流险滩，还有涛涛不息的华夏历史文明——郦道元与《水经注》，李白与白帝城，神女峰与大禹治水——长江三峡就是一条流不尽风韵的天下奇峡。当然，还有大渡河峡谷、雅鲁藏布江大峡谷、怒江峡谷、太行山大峡谷等，新近开发的峡谷更是令人眼花缭乱。伏牛山大峡谷有苍松翠柏、幽谷深川；浙东大峡谷有奇沟险壁、峭岩危崖；天山神秘大峡谷集神、雄、奇、古、幽于一体，令人惊叹；龙潭大峡谷有洞穴、飞瀑、奇峰、深涧，气势磅礴，碧水回环……

台湾由 80 多个岛屿组成，总面积仅有 3.6 万平方公里，贯穿台湾岛的玉山山脉、中央山脉、雪山山脉加到一块儿也不过 300 多公里长，它会有怎样的惊艳？会有怎样的传奇？

然而，当我走进太鲁阁时，着实被它的奇峻吓了一跳。那刀削斧劈的万丈深渊，那纹理清晰的彩花巨石，那狭窄幽深的山川谷地，那湍急浪浊的滔滔溪水，那银链玉白的飞瀑，都带有魔幻意味的神秘和神奇，也带有令人唏嘘的风骨和流韵，深深地镌刻在我的脑海。

太鲁阁峡谷是中央山脉众多小溪汇集成的一条叫立雾溪的河流冲刷出的奇特景观。它的奇特在于它有数千米高的刀削深涧，并且长达数十公里，还极为狭窄，最窄处仅有几米宽，谷底依然是浪花奔腾、万马齐鸣的奇景。

我们进入太鲁阁景区时，天正下着霏霏细雨，绝壁下的立雾溪已不再清澈，水变成了棕灰色，那混沌中大理石艳丽的本色时隐时现，犹如一条红白赤青黑交相辉映又相互缠绕的立体长卷，使人惊悚。

细雨中，太鲁阁呈现给我们的是迷雾的山体和迷雾的植被，更多的时候还看不到对面的山尖。那山尖即使仰头观看，也只能看到陡峭的山壁——峡谷实在太窄了。于是，我们就只能欣赏缕缕雾霭包裹着的峰峦，琢磨那缥缈的黛色勾勒出的壁影，咀嚼那斑斓的大理石隐约的本色。这同样会让人觉得赏心悦目、心旷神怡。

太鲁阁是有故事的。世世代代生活在大山深处的高山原住民是最早的太鲁阁主人。他们中泰雅人一族最多，太鲁阁人是其中的一个分支。他们素有文面刺青的文化传统——将树枝烧成灰后，再与锅垢搅拌调和，涂抹及针刺在脸上，永久不掉。在远古时代，刺面文身的民族是数不胜数的。

太鲁阁有着凄婉的故事，还有波澜壮阔的土著山民抗击日本占领者的英勇义举。太鲁阁山民英勇抗击日本人达 17 年之久。他们抗日，是为了拒绝日本人采走蕴藏在大山深处的丰富金矿。泰雅人知道，那些金矿是属于太鲁阁的，属于迷宫一样的太鲁阁群山。

我想象着，当年泰雅人在太鲁阁，大约就散居在某个峡谷的洞穴里，或者就在某条小溪旁的台地上搭建草屋。他们日升而作、日息而居；他们摘果、狩猎、捕鱼；他们跳赏花舞、唱文面歌，并且畅快地吸纳太鲁阁山水的坚硬与柔情，也收揽太鲁阁山水的精华与圣气，给温凉的峡谷带来了勃勃生机。

当然，太鲁阁峡谷的幽谷与绝壁如若缺乏了那条横贯中央山脉的中横公路的陪伴，可能就被永久地湮没和遗弃了，就将失却风采。这是一条无法割舍的链条，也是一个无法回避的情节。

中横公路是一条惊险又充满魅力的奇路。它是伴随着立雾溪的河道而修筑的。只有徒步行走在中横公路上，你才能感受那深不见底的涧沟，耳闻那跌宕的惊涛、飞溅的白浪，欣赏那奇谲的石灰岩、大理石地貌，踩踏那庞大深褐的巨石……

领队说，这条横贯公路起建于20世纪50年代，主要是由那些跟随蒋介石从大陆到台湾的老兵修筑的。当时的施工是一段让人难忘又艰苦的岁月。但是，这条诡奇蜿蜒的山路却是笃实地耸立在了太鲁阁峡谷的峭壁之间，成为当今人们游览怀旧的胜地。这不得不让人叹服。

20世纪50年代，初到台湾的老兵们吃着粗茶淡饭，手握简易工具，在险峻的幽谷里砸眼放炮，在坚硬的石壁上攀附滑动，或顶着烈日，或冒着滂沱大雨，或躲着泥石流的频繁袭击，一把钢钎，一把铁锤，硬是在深山里开凿出一条令人惊愕的奇异山路，而且发现了太鲁阁这个世界级的峡谷景观。

乘车在太鲁阁峡谷沿立雾溪溯流而上，我们时而下地徒步，时而上车观行，停停走走，走走停停，一路细探，一路惊愕。那是一条艰难掘进后留下的奇路。九曲洞、燕子口、长春祠、布洛湾、回头湾、慈母桥……这一连串富有意味的名字，让我们在崎岖的山路上产生了一次次谐趣的浮想联翩。

眼前一条瀑布带里，有一块奇大无比的巨石。领队说，这巨石叫鲤鱼跳龙门，你可以看到它鱼头向上、巨尾侧摆，极像一条惟妙惟肖的大活鲤正在蓄积力量，准备跳跃飞瀑上的山崖。大家看到都惊呼起来，纷纷说，像，真像——那像正巧是巨鲤做出弓脊的那个瞬间。我想，那个瞬间被蓦地凝固，多少是带了太鲁阁泰雅人历史抗争记忆的，也带有20世纪50年代台湾老兵叶落思乡的真情实感。

长春祠是我们在太鲁阁参观的最后一个景点。它是供奉那些为当年开山凿渠筑路而遇难的人修建的祠堂，所以叫长春祠。它掩映在郁郁葱葱的密林之中，孤独地幽闭在青石绿草之间，默默地独伫着，如一只孤雁。配上那山霭之气，那天的整个气氛似乎很有些细细雨丝寄情愫、白云雾海飘英灵的味道，让人酸涩，也让人产生一种不可言喻的联想。

《永远的太鲁阁》是太鲁阁服务中心制作的介绍太鲁阁峡谷的多媒体短片。我看完之后，感觉片子制作得很艺术，也很唯美，似乎也能表达我对太鲁阁峡谷的初步认知，但它似乎又缺少一种让人深入思索的力量。不过，名字还是很恰当的。

我喜欢它——永远的太鲁阁。

野柳不野

最早知道台湾有女王头岩石是 1980 年。那时候，大陆刚开始蓬蓬勃勃地吮吸外面世界的精彩。我作为一名基层摄影骨干，常常会为看到欧美的摄影作品而新奇和激动。忽一日，看到几幅香港、新加坡摄影家的作品，其中印象最深的，就是“女王头”。我记不清是陈复礼的还是简庆福的作品。

那是一幅彩色照片。一位娇丽的当代少女，身穿低胸紧身衣侧身而立。在柔和的散射光线下，少女的身姿显得柔曼而高贵，只是她的面部表情略显忧郁。而在她的背后，就矗立着一尊气度非凡的女王石像。至今我仍清晰地记得，那幅作品是夕阳西下时拍摄的，调子殷红偏暗，显得沉稳而冷静，散发着一股温润绵密之气。

那幅作品标明了拍摄地——台湾。

在我孤陋寡闻的青年时期，突然有台湾的美景撞入眼帘，是一件很令我惊讶的事，于是，潜意识里我便埋藏了这个温润绵密的深刻记忆。

没想到二十多年之后，我居然亲眼看到了“女王头”的风采。

女王头石像是大自然神刀雕刻的杰作，它就兀立在台北县万里乡的野柳风景区内，并且是景区的领军之景。

初次听到野柳这个名字，你肯定会为之一振。野柳，一个多么充满诗意的画境。旷野上，碧水云天，绿柳成荫；原野上，一片绿地，一棵孤柳；荒野上，一隆沙丘，隐匿着一弯湖水，几株垂柳倒挂着……是的，野柳完全可以是这样一幅流溢着普遍意象的地方。

然而，现实中的野柳是难以想象的。它的曾经的“无心插柳”，它的机敏的“柳暗花明”，它的秀逸的“青青河边柳”，仿佛都飘向了虚幻的天际，统统变成了空蒙的幻觉。唯一尚存的就是——海边奇石。

野柳就袒露在台湾北海岸的一块岬角区上。它面积不大，却有着天下的大奇，那就是北海岸在数百万年的历史长河中被海水侵袭和风蚀后留下的奇异景观。

野柳酷似一只大海龟，静卧在翻涌的海浪之上，于是，野柳也被称为野柳龟。在这块奇妙的大龟背上，散落着一个个海蚀平台、海蚀深涧、海蚀沟、海蚀崖和蜂窝石、烛状石、豆腐石、蕈状石、乳房石、狮头石、熊头石、壶穴、溶蚀盘等地貌。那地貌猝不及防，十分突兀地就闯进你的视野。

地球上有许多辽远漫长的海岸线，有许多奇形怪状的礁石岩，但几乎所有来野柳的人都未见过如此仿真又如此集中地卧伏在一个岬角之地的奇特现象。那些充满艺术品质的怪石林，让所有初到者惊讶和目眩。

那安谧地蛰伏在礁岩上的一个个龟石，仿佛一组敦实的千年古龟，静静地歇息着，永不抬头；那赭红的蕈状岩石森林，恍若一柱柱鲜嫩的巨型蘑菇，散发着野菌的香气，而人们就像菇群里的小昆虫，在尽情地玩耍；那成片的大块深灰色老豆腐，被刀切割后整齐地列队而立，且蒸腾着一缕缕热气——那热气是海浪激起的白雾；那高低起伏的巨型烛台石、烛柱、烛蕊，还有燃烧后融化的蜡水，以及凝固的烛沿，都惟妙惟肖，让人叩掌叫绝。仙女鞋、海狗石、骆驼石、龙头石、卧牛石等象形动物岩石，更是极度逼真。其中，最为娇媚的就是女王头石像。女王头石像是任何雕刻大师都无法企及的神祇高度。女王头石像有巨大的金银头饰，有美丽的诱人脖颈，有高挺的鼻梁和微翕的双唇，还有无可比拟的高贵与清逸，让众多美女自愧不如。

据说这种天下奇景最早是造山运动挤压的结果。野柳的岩石就是被造山运动推挤出海面的，其断层带破碎后，形成了两侧凹陷的海湾，中间突出为岬角，后来在海水、雨水和海风的不断侵蚀下，形成了野柳岩石的天下奇观。

我再也无法矜持了，我要放飞自己！于是不由自主地，我抛开一个五十岁男人的脸面，孩童般地与女王头石、与蘑菇石、与烛台石、与豆腐石疯狂地合起影来。我知道，虽然我已经有点力不从心，有些笨拙，但我的心态还是年轻的，我还有激情，我甚至能听到自己血管里血液流

作者在中国台湾野柳

动的嗞嗞声。

我终于完成了二十多年前潜伏在心底的夙愿。那潜伏期似乎太久了，它变得老态龙钟又无法向人叙说。但我知道，我的夙愿是阳光的，无论那侧身美女与女王头像多么充满诱惑，我都愿意站在艺术的高度上去亲吻她们脚下的泥土。应该说，这一刻我完成了那个夙愿，我可以向人们倾诉我的阳光心态了。

离开野柳的时候，夕阳西下，天空如一幅巨大的画布，映染在一派橘红的晚霞中，蜿蜒起伏的海岸线金黄而透亮，仿佛镶上了金边，而高贵的“女王头”，也愈发的可亲可近了。久久不愿离去的人们，在氤氲中嬉戏着喧闹着，如无忧无虑的孩童。

品台北故宫

一

在我国首都北京有个故宫（全称故宫博物院），在我国台湾地区也有一个故宫，人称台北故宫。所谓台北故宫，其实只是一个藏品博物馆。台北故宫没有北京故宫的恢宏气势，更没有北京故宫的皇家占地。它与我最初的想象距离很大。开始，我也不太喜欢台北故宫的建筑色调。它与北京故宫的主色调有些不一样。当我参观完展品走出大厅时，又用复杂的眼神多看了它几眼，我发现它那天蓝纯白与橘黄土褐组合出来的色彩，似乎也挺协调，仿佛还能代表它那深藏不露的内涵和气度。

北京故宫我去过多次，每次观赏都会有一种博大精深和辉煌炫目的感觉，也会为那皇宫的气魄而唏嘘。台北故宫那令人眼花缭乱的古代艺术精品，简直让我意乱情迷。原来，北京故宫其实徒有辉煌华丽的外表，而许多中华艺术的精粹个件聚集在台北这个不大的宫殿内。这也许是我的孤陋寡闻和偏见，我确实没有看到北京紫禁城珍藏的大量艺术国宝。不过，严格地说，我以为北京故宫与台北故宫应该是姊妹关系，因为台北故宫的多数藏品曾经就珍藏在北京故宫内。它的源头在北京故宫。

1931 年，日本侵略中国兵临北京城下，蒋介石下令将故宫的文物打包装箱，一路南下，长途运输到了上海、南京，然而南京很快危机四伏，文物又只得再往南迁，并且分散藏匿在了四川、贵州等地。1948 年，中国人民解放军不断取得重大战役的胜利，蒋介石见大势已去，只得再次下令将文物运到台湾。那一年，文物是从上海船运到台湾基隆小港的。后来，这批文物又被运到台中雾峰，暂放在一个叫北沟的地方。直至 1965 年，在台北外双溪建成了故宫博物院，才得以放进馆中珍藏。

如今的台北故宫博物院有 24 个展厅，有 20 个可以随机开放，有 6 个展厅每 3 个月更换一次展品。严格地说，它是一个展品流动的旋转展厅。65 万件藏品，主要是器物、书画、图书文献三大部分。其中，器物就有铜器、瓷器、玉器、漆器、珐琅、文具、雕刻和杂玩等 7 万余件；书画更是集中了古代名家之精华，有书法、名画、碑帖、扇面、织绣等 1 万余件；图书文献浩瀚如大海，存有稀世孤本、皇家档案、宫史秘籍 50 余万件之多。应该说，这些藏品是华夏五千年文明的集中体现，更是中华民族用勤劳与智慧创造的不朽奇观。

二

青铜器是故宫藏品中较早的艺术品。它是一种铜、锡、铅的合金，也是铁器出现之前最坚固的金属。中华青铜的出现可以追溯到公元前两千多年的二里头文化，后来夏、商、西周，甚至春秋战国，青铜器都占有极为重要的地位，成为中国青铜的鼎盛时期。

虽然过去对青铜器也略知一二，但看过青铜器馆后，我感觉眼界顿开。台北故宫藏有大量青铜食器、酒器、水器和乐器，它们是由一件件钟、鼎、鬲、敦、爵、觚、角、尊、壶、盘等组构而成的。它们组构出了青铜时代的辉煌与灿烂，也拓印了人类社会蹒跚爬行的历史轨迹。青铜器物上大多铸刻有铭文，那些铭文又记载了年代、人物、用途等具体细节与故事，很有历史和人文价值。而这些器物中有相当一部分是用来祭祀祖先的，因为古人尊神尚鬼，只有在先祖神明的保佑下，后人才能安康，才能幸福。

“宗周钟”就是一件西周天子厉王的打击乐器。那绵细的图案、凸起的乳丁纹，都承载了西周青铜乐器的精美与浮华，尤其那长达123字的铭文，镌刻有周厉王亲自讨伐濮国入侵胜利后的史料记录。而西周早期的“祖己尊”就更让我大开眼界，这件酒尊造型雄奇、结构生动，有漂亮的牛头、牛角、牛耳竖横交错，并突出于尊体之外，颇像一件当今的新产品，完美而精到。

“毛公鼎”是台北故宫的镇馆之宝之一。它是西周晚期器具的典型代表。这件象征着权力与身份的铜鼎，没有华丽威严的兽面纹、夔龙纹，只有一圈简单的环形图案，然而鼎内壁却铸有一篇长达五百字的铭文。这五百字成就了它不可替代的文化国宝价值。铭文记载着周宣王叔父毛公帮助宣王治理国家的功绩。这毛公鼎的仿兽足造型，是中国后代香炉甚至家具造型的鼻祖。

三

绘画与书法是中国传统艺术最独特的艺术表达形式，而台北故宫收藏的书画藏品中，历代名家的经典之作宛若灿烂的星河，让我兴奋。从小就喜欢绘画的我，看到那些耳熟能详的名家名画，就有一种难以自制的冲动。

宋代绘画是中国传统绘画的艺术高峰，它的山水画、人物画、宫廷画，甚至描写世俗的货郎图、婴戏图都达到了极高的艺术水准，是后代画家、藏家、学者顶礼膜拜的经典。

我如痴如醉地站在范宽的《溪山行旅图》前观赏了很久。这幅北宋初期的经典杰作，曾经令我着迷。它是范宽隐居深山后终日思观练笔的结果。它有一种磅礴的气势、一种万古屹立的真实，更有峰峦浑厚、势壮雄强、刻山入骨、入木传神之效果。浓黑的万仞高山间，一线瀑布飞流直下，水珠四溅，轰然有声。山脚下有行旅，山路上有马车，山岩里有瀑布，山体间有雾霭，而中景是峻峰上的树林，近景是巨型峭岩，尽显山的巍峨与雄浑，又展示出带有画家自我印迹的淳朴厚重的自然与社会形态，令人有高山仰止之感。这幅画是众多历史评家推崇的经典，它集结了画家的高低、大小、起伏、开合、疏密、皴擦等多种艺术手法，使山河大地显得浑厚而坚实、雄伟而崇高。《雪山萧寺图》是范宽的另一幅绢本名作，传达的是冷峻雪岭、寒林孤秀和物态严凝的气氛，有俨然三冬在目之气。美学家说，范宽是中国古代山水画的巨匠，其雄强深厚画风无人能及。

南宋马远的《山径春行》让我有种似曾相识的感觉。我知道，那肯定与我曾描摹过马远的画有关。三十年前，年轻气盛的我曾经多次临摹马远的一幅叫《踏歌图》的名画，那幅画的构图、用笔、线条、渲染与涂抹，至今仍留在我的心间。《山径春行》展现的是一幅江南春天的美景。云淡风轻，天高气爽，溪边的垂柳吐着新芽，树梢上的黄莺啼啾着，一位儒雅文士带着一个携琴小童，漫步在山径间。《山径春行》勾勒出的画境，充满了简约清润的诗意，也飘散着祥和安谧的韵味，让人心弦颤动。

收藏于馆中的元代画家赵孟頫的《鹊华秋色图》、黄公望的《富春山居图》、吴镇的《渔父图》、王冕的《南枝早春图》，明代画家唐伯虎的《山路松声》、文徵明的《古木寒泉图》、沈周的《庐山高图》，清代画家石涛的《山水图》、意大利人郎世宁的《百骏图》，都是国宝级的著名藏画。这些名画中，那江天浩渺的清幽意境，那浑然天成的盎然生机，那技艺高超的斧劈皴法，那秀润洁净的空灵感觉，都让观赏者感到前所未有的亢奋，也让我麻钝的艺术空间产生了艺术共鸣。

中国古代书法大家的真迹，让我这个书法追随者兴奋不已。那些名声显赫的书法前辈，曾经无数次地被颂扬，我也多次购买他们的碑帖拓片放至自己的书橱。此刻，我有了与他们切磋技艺的真实感受。

晋代书圣王羲之的书法，光焰四射，对后世的影响极为深远。他的《快雪时晴帖》圆劲古雅、意态闲逸，有质朴内敛的韵味，更有洒脱不羁的情愫。这是一封他写给朋友张侯的信，大意是说下雪之后，天气晴了，表达了对朋友的关心。据说中国许多书法大家在不经意间书就的作品，却显现出极高的美学意境和水平。《快雪时晴帖》就属于这类作品。史书记载，这幅书法是清朝康熙年间收入清宫的，到乾隆时才转移到养心殿的“三希堂”，成为后来故宫最珍贵的藏品之一。

唐代是中国国力与文学艺术鼎盛时期，也是书法艺术的黄金时代。那是一个文学大师与书法大师辈出的时代。怀素的《自叙帖》，我曾经看过不少印刷本，但见到原件还是第一次，激动中我居然能听到自己短促的心跳。怀素和尚的狂放性情、行云流水般的技艺，在《自叙帖》中表现得淋漓尽致。据说就是这幅《自叙帖》，后来成了唐代书法自由解放的精神象征。

颜真卿是唐代新兴书风的代表人物，也是后人无比敬仰的书神。慕颜学颜的弟子更是无穷无尽。收藏于台北故宫的《祭侄文稿》，就是颜真卿的行书佳作。它是安史之乱刚刚平定后，颜真卿为了祭奠在战争中丧生的侄儿颜季明所写的文稿，他将心中的悲恸化为了跌宕起伏的线条，那血与泪融合而成的文字，成为后人推崇的书法典范。

大文豪北宋风流人物苏东坡，是一个诗文书画俱精的千古名人。他的书法《寒食帖》，用笔或清俊劲健，或沉着顿挫，或细粗疏密交错，宛若一首经典抒情诗，曾被后人誉为“天下第一行书”。这幅贴原为清宫的收藏品，八国联军入侵紫禁城后流入民间，后来又辗转到了日本，是前几年才回到台北故宫的，可谓历经磨难、身世艰险。清代名臣刘墉的一幅《刘墉行楷书诗文卷》也让我吃惊不小。我多少知道一点这个乾隆年间正直又怪癖的、常常与大贪官和珅作对的东阁大学士“刘罗锅”。他的政绩与学养让我敬慕，他的书法也让我颇开眼界。《刘墉行楷书诗文卷》布局典雅，浑厚自然，书写老道，不失古人的法度，又具有鲜明的个人风格。

四

展出于台北故宫的瓷器、玉器让所有收藏爱好者受益匪浅。那些艺术珍品，除了拥有无法再生的真品价值之外，还是中华文明的积淀。它们组成了一条精纯雅致的艺术大道，承载着五颜六色的历史真实，也记录着人类行走的迤逦足迹。在当今不断升温的文物收藏市场上，不时爆出这些古玩的天价新闻，也揭开了这些艺术精品的历史面纱。

中国瓷器开创了世界陶瓷史的辉煌。宋元明清的瓷器争奇斗艳，其烧制工艺、装饰技法、釉色变化、器型特征都让人唏嘘，堪称世界一奇。宋代汝窑是五大名窑之一，史书上有宋徽宗赵佶钟爱和推崇汝窑的记载。收藏于台北故宫的宋代汝窑《青瓷水仙盆》是一件传世极品。它通体满布匀润的天青釉，底边釉积处略含淡碧色，口缘釉薄处呈现浅粉色，其造型素净雅致，釉层莹厚，光泽柔和，釉色蓝中略带粉青，具有恬静温和与神秘寒冷的双重意蕴，使人产生无限遐想。

宋代龙泉窑不属于五大名窑，但却标志着青瓷烧造技术达到了新的高度。展出于台北故宫的南宋《青瓷莲瓣碗》，就是一件粉青佳作，它颇似一朵沉静初绽的莲花，在混浊的污泥中款款升起，有一种温润如玉、静谧匀称的美感。史料称，龙泉窑的粉青釉色是青瓷釉色之美的顶峰。

明代瓷器在中国陶瓷史上亦有着显著的地位，尤其是以景德镇为中心的瓷器聚集，形成了至精至美的新风尚，令后人称绝。台北故宫的明代永乐官窑瓷《甜白番莲梅瓶》，器件有缠枝花卉图案，线条柔软绵细，纯白的釉色略带暖色调，莹白透明，滋润精美，犹如新出的细腻白糖一般，故被称为“甜白”。明代的彩瓷，也独具特色，是中国瓷中的佳品。收藏于台北故宫的成化斗彩《鸡缸杯》，就是极具代表性的一对珍品。这对以鸡为主题的鸡缸杯，形状似缸，有红、黄、褐、绿等多种釉色，或浅紫深描，或双色重叠，姹紫嫣红，巧妙组合，鲜活地勾画出一幅祥和欢乐的天伦意趣。而蛰伏在天伦之乐里的黄色可分为鹅黄、姜黄、娇黄等，真可谓美不胜收。

精美玉器历来是中国文化内敛深厚的代名词。它们深刻地反映了时代背景、人际尊卑、祭祀形式等社会生活和文化积淀。在中国，玉也是吉祥、安康、高贵的象征。玉器凝脂般的玉体、细腻的质地、滋润的光泽，往往会给人刚中带柔、柔中带刚的双重质感。

台北故宫的清代《翠玉白菜》，是享誉四海的明星文物。它是玉材的天然美与精致雕刻的完美结合，堪称举世无双。《翠玉白菜》巧妙地利用玉质的白色部分做菜梗、翠绿部分做菜叶，在精到深厚的雕刻工艺的“如琢如磨”下，筋脉分明，菜叶翻卷，活脱脱地展示了一棵鲜嫩白菜的神韵，尤其是菜叶上趴着的一只螽斯与一只蝗虫，惟妙惟肖，又都是繁殖能力极强的昆虫，有祝福人们多子多孙的美好寓意。据称，这个摆件曾经是北京紫禁城永和宫的珍品，相传还是瑾妃的嫁妆，有象征新娘清白和皇家绵延万世的祈意。如今，它真正的寓意也许应该转嫁为让黎民百姓冰清玉洁，让中华民族万古长青。

另一件玉质摆件就是清代巧雕名作《肉形石》。这块石酷似一块鲜嫩肥美的“东坡肉”，其色泽、纹理、状态均无可挑剔，简直与真品一模一样。我十分惊讶它的逼真，总在想它到底是天然的还是人为雕琢的。

按捺不住，我问了讲解员。讲解员告诉我，这当然是经过艺术工匠的精心设计，然后根据玉的质地与特征，特别加工而成的。你看这肉皮细密的毛孔，就是钻琢工艺制作的。工匠是在外在条件限制的情况下，充分发挥自己的创造力与想象力，才达到了仿真的艺术效果。这个艺术效果最终就是天然与人为合一，这也吻合了中华文化“天人合一”的传统理念。

我愕然地看着讲解员，惊异于她居然有如此深奥的美学功底。

第七辑　潜藏的力量

隐逸的一腔热血

封面已经破烂不堪了，那是岁月之手摩挲的结果。它是少年儿童出版社一九六二年六月出版的，第二次印刷，印数达九万多册，定价仅四角六分——一本跟随我四十多年的老书，也是我最隐秘的私藏。早先，我曾有过在书包里偷偷翻阅它的“历险”。那时，古诗文已变成“四旧”，如若被发现，就会遭到没收或焚烧的厄运。能够把它保存下来，是我的幸运和造化。

这是一本《古代诗歌选》（第四册），收录的是明清两代诗歌精选。从书柜深处翻出它时，蓦然看见那久违的封面与装帧，头皮竟有麻酥酥的兴奋。我恍然大悟，原来我肚腹里对明清诗歌的垂青就来源于此。一些附庸风雅的人常常会在各种场合背诵几首唐诗或宋词，以炫耀他们的学识渊博与儒雅。我还曾多次见过小孩把李白、杜甫的诗句倒背如流。在酒桌上，男女诗人背诗赌酒，你上句我下句，一唱一吟，左腾右跃，那氛围，那气势，可谓精绝到位。唐宋名家的诗句我都熟悉，但我背不下来，可明清那些别人不甚了解的诗行，我却背得滚瓜烂熟。

这本书没有主编，没有说明，前言竟长达十五页纸。这前言堪称完美无缺，涉及内容全面，又脉络清晰，从诗歌起源说起，民歌、文人诗，一直到唐诗宋词、明清诗歌，可谓滴水不漏。我分析，这前言是经高人修剪锤炼而成的，文字干净，语言凝练，虽缺少激越与自由，但确实找不出毛病。当然，这是按照那个年代的思维模式来考量它，如若用当下的标准衡量，就有些过于中规中矩并“左”的色彩浓郁了。其实，早先我并没有在意这个前言，那时我还没有成熟。那时，我读书还不会先读前后辅文，不像现在，拿到书，我一准儿会先翻序或后记，想从中发掘更有价值的东西。其实，这也是一种糊涂的思路。真正的好书还是要细嚼正文。在我也成为一个文字涂鸦者之后，我才发现，这本书的前言对我的成熟与成长有过潜移默化的启迪与教化。

这本《古代诗歌选》共收录了明清诗人的五十三首诗歌，还配有四幅精美的彩色中国画，装帧独特。打头的人叫邵亨贞，收尾的人是鉴湖女侠秋瑾。细算一下，这些诗歌竟横跨了十四至十九世纪六百多年时间。不过，这五十三首诗多多少少还是弹射出了出版者的心智和那个年代的社会真实状态。曾经，人们只提唐诗、宋词和元曲，或只提明清小说。在大明王朝推翻蒙古贵族统治之后，经济文化一度迅猛发展，戏曲、小说也步入全盛期，有文人“前七子”“后七子”，亦有一批模拟唐诗古风的文人绚烂登场，虽不免带有矫揉造作和空泛之气，但也确实能挖掘出一些掷地有声的精美之作。

除了邵亨贞，明代有于谦、杨慎、谢榛、戚继光、汤显祖、张煌言、顾炎武、郑成功，清代有王士祯、洪昇、袁牧、蒋士铨、阮元、康有为、谭嗣同、梁启超、秋瑾等。高启有两首诗选入，那是我自小就熟吟的诗句。小时候，我只会字面背吟，对深层的润泽之光却不清楚。后来长大了，才知道这位叫高启的吴淞江边青丘才子是“吴中四杰”之一，曾是翰林院国史编修，名噪一时的《元史》编纂就有他的参与，后他升为户部侍郎，竟推辞不受，终被明太祖朱元璋诛杀，死时年仅三十八岁。他的《寻胡隐君》，朗朗上口，诗风豪迈，洒脱雄健，好记好读。“渡水复渡水，看花还看花。春风江上路，不觉到君家。”他的《田舍夜舂》，读来虽不如前首顺气、爽利，却是学界推崇的好诗，风格清新，质感强烈。“新妇舂粮独睡迟，叶寒茅屋雨来时。灯前每嘱儿休哭，明日行人要早炊。”寒冷的雨夜，漆黑一片，村妇独自在茅舍舂米，油灯闪着弱光，小孩不时啼哭，母亲不得不一次又一次地哄劝。这首诗画面幽静，氛围冷寂，思想淳朴、清洌，组构出一幅劳动妇女勤劳、坚韧、含辛茹苦的画面。这个画面被画家胡若思用水墨淡彩勾勒、渲染出来，明晰，晴朗，我甚为喜欢。茅舍小院，绿树翠竹，在沥沥细雨中，隐约的古装少妇在灯下舂米，摇篮里有小孩在“闹人”，硕大的舂棒咚咚震响，声音在静谧中飘向远方，有温静，有缠绵，还有一丝淡淡乡野生活的纠结。

陈子龙的《小车行》也烂熟于心多年。熟识它，还因为有钱松嵒先生的画作。那幅钱松嵒作于南京的《陈子龙小车行诗意》，是一幅意味深长的彩墨画，让人过目不忘。陈子龙，明末文学家，曾做过兵科给事中，有爱国情操与民族气节。清兵入关，陈子龙力推防守要策，却不被当权者采纳，于是辞职回家。后南京失陷，陈子龙义愤填膺，揭竿而起，松江抗敌败北后被捕，投河自尽。陈子龙是一个有民族气节和高远理想的文人，他的诗格调悲愤、深沉哀怨、苍凉率真，正巧吻合了他壮志未酬的人生归迹。“小车班班黄尘晚，夫为推，妇为挽。出门茫茫何所之？青青者榆疗吾饥，愿得乐土共哺糜。风吹黄篙，望见垣堵，中有主人当饲汝。叩门无人室无釜，踯躅空巷泪如雨。”诗中描写了明末流民的生活场景，仓皇，逼真，耐人寻味。在兵荒马乱中，遍地哀鸿，一对夫妇推着小车、载着行李流浪荒野，以榆荚充饥，当看到远处的屋舍时，他们亢奋又激动，可走进一看却是空屋，悲泣，失望，泪如雨下。动荡年代结集的总是怅惋和眼泪，得到的总是失望与愤懑。黎民百姓需要安宁、需要安居乐业、需要基本的生存，哪怕是最简陋的栖所，然而这点“乐土”都不能如意。钱松喦先生用智慧之笔，勾勒出了那个时代的凄冷与温热——枯树，黄尘，蒿草；小车，推夫，挽妇；相互扶持，肝胆相照，共历磨难，虽只有一车杂物或破烂，但那却是一个完整的家，一个温暖的家；有踯躅，有惆怅，但还有幸运，有榆钱糊口，有空屋期待。钱松喦的画就在这样的沉郁中鲜亮着，有了家的温舒与尘土的暖色，有了乡野的朴素与幽僻之美。先前，我只见过钱松喦老先生的山水画，大气磅礴，恢宏隽永，构图稳中求变，笔墨浑厚苍茫，时代气息浓厚。他的孤松，总是屹立在峭崖之上，傲寒，稳健，意境深邃；他的江南水乡，总是绿意荡漾，春意盎然，若隐若现，似有香雾回绕着华美的人间。据说，他把笔法“屋漏痕”发展到了极致，点点斑斑，积点成线，具有特殊之美。老先生一九七二年为中国驻联合国大厦办事处创作的《长城》，就是一幅笔意雄劲的巨幅长卷，《红岩》也是令人称奇的惊艳之作。先生在《红岩》上还题了诗：“风雨万云里，红岩一帜红。仰钦奋彤笔，挥洒曙光中。”老先生的笔意与才情令人敬慕，但这幅《小车行》却让我看到了钱松喦的另一种风骨，管窥到他深藏笔端的细腻与大爱。

《古代诗歌选》还收有清代画家郑燮的两首诗，我也很喜欢。年少时，我曾钟情《渔家》，后来略知时事后反而对《潍县署中画竹呈年伯包大中丞括》兴趣浓厚。这叫爱屋及乌。因喜爱郑燮的墨竹、兰草、丑石，于是也偏爱他的诗句。其实，这是一种无知和浅薄。我明知故犯，似乎有无可救药的痴迷嫌疑。郑燮，号板桥，早年生活贫寒，三岁丧生母，十四岁丧继父，直到四十五岁才考中进士，五十岁做山东范县知县，可谓大器晚成，后因小人作祟，富商告状被去职，遂蜗居扬州以卖画为生，有“扬州八怪”之一的美称。郑燮这种小官小吏，在中国古代的浩瀚官场中很不起眼，但他的水墨竹石却被广泛临摹和效仿，于是他的渺小官位就时常会被人拿出来说事了。随着年龄增长与阅历增加，我越发觉得郑燮是一个亲民的好官。六十一岁的郑燮从潍县离职时，据传民众送行队伍排成长龙。郑燮哽咽着，泪流满面，伤感，惶惑，心底一派苍凉。早几年，他在莱州云峰山所见的糊涂老人，其实就是对他命运之路的暗示，看似那“难得糊涂”是写那老人的，实则是对他自己生命轨迹的写照。糊涂与不糊涂，是一种理念、一种信仰、一种情操。郑燮不糊涂，所以他才对“难得糊涂”有深刻的思考和领悟。当下社会，“难得糊涂”似乎已经被人们大大的曲解了。一幅《难得糊涂》悬挂于正厅中堂，仿佛承载着看透世俗的深刻，实则可能只是冰山一角。

郑燮的《渔家》是一首描写渔民生活的底层诗。“卖得鲜鱼二百钱，籴粮炊饭放归船。拔来湿苇烧难着，晒在垂杨古岸边。”把打来的鲜鱼卖掉，买回一点米煮饭，拔一些芦苇晒干当柴烧，这是一个劳动者的日常生活，虽清贫简陋，但从容自在、其乐无穷。画家苏昧朔为郑燮的诗配了一幅意境优雅、恬静的水墨画。阳光下的渔翁鹤发童颜，正挽着衣袖在摆放芦苇，茂盛的杨柳枝下，湖水拍岸声与树叶的哗哗作响相互呼应，凝析出一种田园般淳厚的乡情。而另一首《潍县署中画竹呈年伯包大中丞括》，就颇具亲民意味。“衙斋卧听萧萧竹，疑是民间疾苦声。些小吾曹州县吏，一枝一叶总关情。”郑燮用他酷爱的竹叶、竹枝，塑造了一个苍莽奇谐的世界，那里云集着寓意深刻的思想和情愫，也凝集着翠竹的个性和气节。宣纸上的情感宣泄需要激情，也需要智慧，一画一诗，缘物寄情，有灵性，有感悟，有言外之意，有弦外之响。做官，哪怕是一个小小的芝麻官，也要切记民间疾苦与百姓冷暖。一枝一叶，浓墨淡彩，看似平淡，看似单调，却蕴含着沉重，潜藏着人格，隐逸着一腔热血。郑燮说：“胸中之竹，并不是眼中之竹……手中之竹，又不是胸中之竹也。”我想，郑燮的一枝一叶，不是现实中的一枝一叶，但又肯定藏匿着现实中潜移默化的人生力量。“一枝一叶总关情”，如一盏烛光，照亮了四野。

思绪在灿然绽放

这部老旧的《国语辞典》，我已珍藏了四十三年。一个很奇怪的书名。其实追根溯源，抚摸了它的历史流脉，就不足为怪了。

这是商务印书馆于二十世纪五十年代末期出版的书，布面硬皮，虽然装帧考究，但已经毛边瑟瑟，有锉刀的粗粝感。不过，还是透着敦厚、质朴和雅致。这本书是繁体字的，显得十分陈旧，洋洋洒洒一千三百多页，似一大砖头块，但很轻。不知当年是否已有轻型纸用于实践，它的轻很让人怀疑。找不到版权页及出版时间，挺蹊跷。虽然跟我多年，但这一细节一直让我纳闷。我想大约有两种可能：一是在我得到它之前，版权页就残缺丢失了。二是可能根本就没有（可能性是有的）。中华人民共和国成立之初，社会主义新中国正以昂扬向上的姿态挺立于世界东方，翻了身的劳苦大众当家做主了，他们为能吃饱穿暖而雀跃欢呼。他们视金钱为粪土。他们只有一个想法，就是甩开膀子大干。新中国的天是蓝蓝的天，蓝蓝的天上白云飘。人们的心境就像碧蓝的天空一样。在那样一个全新时代，价值取向崇高而神圣，所以人们没有太多版权意识，也没有稿费意识，有一段时间，图书上是没有版权页的。

但这确是一本选购于新华书店的硬壳书，尾页衬纸上盖有“新华”的钤印，很文气。——藏蓝色的印泥，拓印出一本摊开的书籍图案，十分秀雅，还有曲线柔美的树叶做底衬装饰。我想，那时的书店管理者还挺有雅兴，居然制刻出如此有品位的图章。图章凸显的是那个时代新华书店人的艺术素养与人文情怀。

虽然找不到出版时间，但还是可以分辨出大体的时间。书中有一九五八年二月全国人大通过的《汉语拼音方案》，只占了两页纸，其他再无汉语拼音方面的内容，沿用的是老旧的注音字母、声母和韵母。扉页醒目呈现着简短的“重要声明”。声明说：“本书是《国语辞典》（一九四七年版）的节本，只留作为原书特点的北京话词汇和有翻检必要的古汉语材料，专备语文研究、教学上参考之用，并非收罗全面词汇可供一般应用的词典。因原编人现有任务繁重，对本书注释，除个别词条外，未能从事修订；现在通用的新词，也未及增入。谨此声明，希使用者注意！”我想，也许在当时的历史条件下，这本书只是想供语文研究与教学用的参考书，必须紧急出版。它的出版时间应该在一九五八年或一九五九年。

书中有一个“原序”，作序人是黎锦熙。序尾落款是“一九三六年十二月二十五日”，地点是“北京”，但下方又落了一行“一九四七年重版，复校于长沙”。书中再没有新序，也没有新版说明。这很有意思，一本出版于二十世纪五十年代的新书，实际上是多年前的旧版本，它跨越了两个朝代。

黎锦熙是何许人也？黎锦熙是影响颇大的著名语言学家，曾有“语言大师”美誉。黎锦熙与毛泽东是同代人，早年任湖南第一师范学校历史教员，与在该校读书的毛泽东、蔡和森过从甚密。后任北京教育部编审处编审员，提倡白话文，推行注音字母，发起成立国语研究会，是

“国语运动”初创者和重要领导人之一。曾在北京高等师范学校、北京女子师范大学、北京大学、燕京大学、西北联合大学等校任教。一九二四年出版《新著国语文法》，归纳了白话文与国语的法则，第一次系统地揭示了白话文内在的语言规律，首创国语文法及音韵学、修辞学等，是“五四新文化运动的鸣钟人之一”。该书在二三十年代曾被大、中、小学广泛采用。黎锦熙还有《国语运动史纲》《汉字新部首》等著作。有资料称，黎锦熙主编的《国语辞典》是最大的白话词典。这就是一九三七年版的《国语辞典》。著名学者郭绍虞评价黎锦熙说：“先生的学问，说得狭一些，是语法专家；说得广一些，是国语学专家。声韵、训诂以及语法修辞、文字改革等，无不在钻研范围之中。”黎锦熙一生成就卓著，贡献斐然。

每每读黎锦熙的“原序”，我恍惚在聆听一堂精辟绝伦又沁人肺腑的汉语言课。钻木取火，语言产生；狩猎耕种，对话生存；造字交流，人类演进。短短数行，那久远与渊源就跃然纸上，使人刻骨铭记。黎锦熙先生在简短的篇幅里，阐述了语言文字的指事、象形、会意、假借、转注、形声的渐进过程，一目了然，句句深邃，宛若一张明晰的运行大表。在分析“形”的第四阶段时，黎锦熙说：“文化是随时代而演进的，演进者，不但有‘质’的进化，也须有‘量’的扩展，文化扩展，及于民众，则文字工具自有通俗的需要，故简体字与别字等乃大流行于广漠的民间。”文字的形成与缔造是一个漫长繁缛的过程，它是诡奇、灵动、超绝、睿智的先民们集体智慧的结晶，黎锦熙用“演进”“扩展”“广漠”“民间”，概括出了文字递进的本质，也让人们触摸到了隐藏在演进背后的澄明与艰涩。

早先这本《国语辞典》，曾由“国语辞典”改为“国音普通辞典”，一九二九年就确定由商务印书馆“定约合作”出书，一九三三年正式订了契约。由于日军侵华、民国政府经费紧缺等原因，一拖再拖，直到即将付梓时，赵元任先生又提议改名。黎锦熙说："于是汪一庵先生和我商量，决定恢复旧名，叫'国语辞典'，简单明了，其来有自。"读原序，通篇能感受到黎锦熙先生认真、严谨、务实、谦逊的风格与为人，使我为之动容又钦慕。今天，我们相当一批研究人员浮躁、粗浅、自大，缺乏执着、忍耐和淡定。黎锦熙说："我虽董全处之成，而对此书则贡献少。"我以为，这是当今所有文字编纂者（包括我自己）所要修炼和摹学的心态。

《国语辞典》毕竟是一部老旧辞书，它的功能已经被后来的《现代汉语词典》《辞海》所替代和涵盖。时代发展了，辞书编修、编纂也应随时代的变化而演进，但这部《国语辞典》留给后人的，不仅仅是那个时代的风韵与烙印，也不仅仅是那个时代文人墨客的须眉和傲骨，它还隐含着编纂者的学识、功力、品格和修养，也烛照着编纂者心性的清逸与高华。如今，我常常会不由自主地用它查字、找词，迷离中渐行渐近的思绪在灿然绽放。五十年前的油墨馨香时常会扑面而来，缥缈，清逸，老旧，犹如陈年老窖一般。